La Sonate d'Oka

Trafic, 1989

L'Ours de Val-David, 1990

Blues 1946, 1991

Otish, 1992

Roux le fou, 1993

Gérald Gagnon

La Sonate d'Oka

roman

Boréal

Les Éditions du Boréal sont inscrites au Programme de subvention globale du Conseil des Arts du Canada.

Maquette de la couverture: Rémy Simard
Illustration de la couverture: Gérard

Diffusion au Canada: Dimedia
Distribution en Europe: Les Éditions du Seuil

Données de catalogage avant publication (Canada)

Gagnon, Gérald, 1933-

    La Sonate d'Oka

    (Boréal inter; 29)

    Pour les jeunes.

    ISBN 2-89052-647-X

    I. Titre.

PS8563.A324S66	1994	jC843' .54	C94-941162-0
PS9563.A324S66	1994		
PZ23.G33So	1994		

À François

I
DUEL

Je me sentais bien dans ma peau. Je sortais d'un cours de maths où l'on ne m'avait pas interrogé. C'était vendredi après-midi, les collines flambloyaient et le lac scintillait tant qu'on ne pouvait le regarder sans cligner des yeux.

«Pourquoi ne pas commencer le week-end par une petite trotte?» me suis-je demandé. J'ai donc couru sur le sentier qui longe la clôture de l'école jusqu'au chemin des trappistes, puis sur celui-ci jusqu'à la clôture qui entoure le monastère. Là, après avoir repris mon souffle, je suis revenu en marchant parce que ça monte beaucoup. J'étais presque de retour à l'école lorsque j'ai croisé

John Gaudreau qui lui aussi faisait son jogging. John est un Mohawk.

— Salut, pieds de plomb! qu'il m'a lancé, rendu à ma hauteur.

J'allais rétorquer, mais il était déjà loin. Cet animal court aussi vite qu'un lièvre!

John et moi étions fâchés. Bien que nous habitions l'un et l'autre près de la pinède, nous n'avions pas été du même côté des barricades, lors de cet été fameux durant lequel l'armée avait encerclé les Mohawks révoltés.

J'étais de retour dans la cour de l'école. J'allais me diriger vers la sortie quand j'ai aperçu la belle Marilou Pronovost qui descendait les marches de l'entrée principale. Elle traînait une sorte d'étui qui semblait contenir une guitare géante. Depuis quelque temps, je rêvais de faire plus ample connaissance avec Marilou. L'occasion était propice. Je me suis approché d'elle, la mine lugubre.

— Mes condoléances.

— Pourquoi?

— Pour la mort de ton grand-père.

— Qui t'a dit ça?

— Personne. N'est-ce pas son cercueil que tu transportes?

— Très drôle! C'est un violoncelle.

— Un quoi?

— Un violoncelle. C'est une sorte de violon, mais le son en est plus grave; plus beau aussi.

— En tout cas, c'est beaucoup plus gros.

J'ai pris le violoncelle sous mon bras.

— Laisse-moi te raccompagner chez toi et je te promets de ne pas rire durant le récital. Car je suppose que tu vas donner un récital.

— Oui, monsieur! Et je vais peut-être t'inviter. Mais apporte une boîte de *kleenex*. Tu vas trouver ça si beau que tu vas brailler.

Comme Marilou habitait à moins de deux cents mètres de l'école, mon bras ne me faisait pas encore trop souffrir lorsque nous sommes arrivés devant l'enseigne:

VERGER
PRONOVOST ET FILLES

... et derrière l'enseigne, la maison de Marilou.

— Tu entres un instant? L'autre fille, c'est ma sœur Claudine.

Je ne demandais pas mieux. Elle m'a précédé jusqu'à la cuisine où se trouvait son père. Vêtu d'une salopette, il se berçait tout en causant avec quelqu'un appuyé contre le comptoir. J'ai reconnu Aimé Dufour, notre voisin. Depuis l'accident, il n'arrêtait pas de tourner autour de ma mère.

— Papa, je te présente Patrick Saint-Cyr.

Le père Pronovost s'est retourné.

Après m'avoir toisé un moment, il s'est mis à siffler entre ses dents.

— Batêche! Marilou s'est enfin déniché un déménageur. Pas laid, à part ça.

Pendant que je me rengorgeais, il a pointé sa pipe en direction du violoncelle que je tenais toujours sous le bras.

— Pas facile à porter; mais encore plus pénible à entendre. J'admire ton courage, jeune homme.

La figure de Marilou était devenue plus rouge que ses cheveux. Ça lui allait bien.

— Pourquoi ne pas te joindre à moi? Nous formerons un duo.

La proposition venait d'Aimé Dufour. Il jouait de l'harmonica, se produisait dans toutes les fêtes locales et se prenait pour un artiste. Violoncelle et harmonica: était-il sérieux? J'ai décidé d'entrer dans le jeu.

— Pourquoi ne pas former un trio? Je sais jouer des cuillères.

— Et moi de la scie musicale, a ajouté le père de Marilou. Ça ferait un maudit beau quatuor.

Et de s'esclaffer si fort que sa berceuse a failli basculer en arrière. Quant à moi, je me suis retenu de rire, étant donné la mine déconfite de Marilou. Dufour ne riait pas non plus. D'ailleurs, je ne l'avais jamais vu se départir de son sérieux. Il s'est tourné vers moi.

— Je n'en ai que pour cinq minutes avec M. Pronovost. Ensuite je vais te ramener chez toi. J'ai quelque chose à te proposer. Nous en discuterons dans ma camionnette.

— J'ai à te parler moi aussi, m'a dit Marilou.

Et voilà qu'elle saisit le revers de ma veste et m'entraîne vers la sortie avec une telle vigueur que le violoncelle heurte une sorte de vase chinois qui trônait sur une petite table, dans le vestibule.

Smash! a fait le vase en se

brisant. De ma main libre, j'ai tapoté l'étui.

— C'est de sa faute.

— C'est justement du violoncelle dont je veux te parler.

Nous étions maintenant sur le perron. Marilou avait l'air fâchée, mais le temps était doux.

— Je me suis aperçue que tu me tournes autour depuis quelques semaines.

Je l'ai regardée d'un air surpris. C'était vrai, mais que venait faire le violoncelle dans l'histoire? Elle a poursuivi:

— Je t'aime bien, moi aussi...

J'ai failli échapper l'instrument.

— ... mais je préfère mon violoncelle. Alors, si tu veux me rendre visite de temps à autre, tu devras apprendre à le respecter et à l'aimer. J'ai promis d'essayer très fort et je lui ai demandé quand je pourrais venir la voir.

— Ce soir si tu veux, après souper.

Il y a un kiosque derrière la maison.
J'y serai.

Bien sûr que je voulais! J'étais en
train de le lui dire lorsque j'ai reçu la
porte d'entrée en pleine figure. C'était
Aimé Dufour qui sortait.

— Tu viens?

— Ma bicyclette est à l'école.

— Allons la chercher.

J'ai salué Marilou et j'ai sauté
dans la camionnette. Dufour a mis
le contact, a embrayé et est sorti de
la cour sur les chapeaux de roues. Il
avait une conception dramatique de
la vie ainsi qu'une très haute opinion
de lui-même. Toujours pressé, il
parcourait sans cesse les routes
d'Oka et des environs à la recherche
de nouvelles poires pour ses
combines.

En entrant sur le terrain de la
polyvalente, Dufour a tenté d'écraser
un raton laveur qui traversait l'allée.
La bête a évité la camionnette de
justesse puis s'est faufilée dans un

taillis. Pourquoi ma mère ne le remettait-elle pas à sa place?

Sur le chemin de la maison, Dufour m'a parlé de sa fameuse proposition. Je contemplais les collines et leurs coloris d'automne en pensant à Marilou lorsque...

— Pronovost est un imbécile!

— Comment ça?

— Son verger, il peut le garder. Mais qu'il ne s'adresse pas à moi pour cueillir ses pommes lorsque les rhumatismes lui tomberont dessus.

— Il a ses filles.

— Parlons-en de ses filles!

Comme je ne savais pas où il voulait en venir, je me suis tu. Nous passions devant la colline du Calvaire. Le soleil d'après-midi l'éclairait de côté et l'on apercevait nettement les trois chapelles près du sommet.

— Aimerais-tu gagner de l'argent?

Je lui ai répondu que cela dépendait de quelle sorte de travail il s'agissait. Je me méfiais de Dufour.

— Rassure-toi. Je ne te demanderai pas de t'esquinter. Je connais trop bien les jeunes d'aujourd'hui pour te proposer un *job* fatigant.

Il a soupiré.

— Quand je pense que je n'avais que quatorze ans lorsque j'ai occupé mon premier emploi.

Il se gardait bien d'ajouter qu'il avait cessé de travailler bien avant l'âge de vingt ans et qu'il ne subsistait depuis que grâce à des combines plus ou moins honnêtes. Je n'ai rien rétorqué cependant. Sait-on jamais, peut-être avait-il quelque chose d'intéressant à m'offrir. Le sort a fait que je n'en ai rien su ce jour-là, car déjà nous arrivions à la maison. Dufour s'est garé dans notre cour. J'ai pris ma bicyclette et l'ai appuyée contre la clôture.

— Ta mère est là?

— Je pense que oui.

Je l'ai quitté, me suis dirigé vers la petite annexe et j'ai travaillé à mon herbier jusqu'à l'heure du souper. Lorsque je suis revenu à la maison, Dufour était parti. Ma mère s'affairait devant sa cuisinière.

— Il n'est plus là?

— M. Dufour? Non. Il n'a fait qu'un saut. Il est très occupé, tu sais. Regarde la belle plante qu'il m'a apportée. Je l'ai mise sur le rebord de la fenêtre.

J'ai jeté un coup d'œil. C'était un cactus.

J'ai soupé en vitesse et suis monté dans ma chambre me changer: bottes à talons surélévés, jean propre mais usé à point, chemise jaune entrebâillée sur un cancer en fer forgé; c'est mon signe astrologique.

Ce n'était pas encore l'été des Indiens, mais il faisait beau à crier. J'avais envie de marcher dans le parc. J'ai pris le bâton derrière mon lit. C'est mon père qui me l'avait offert, à l'occasion de mon douzième anniversaire. Il l'avait fabriqué lui-même.

Taillé dans du chêne, poli avec soin puis enduit de plusieurs couches de vernis, il mesurait très exactement deux mètres de long sur deux centimètres de diamètre. Il était si bien fait que, posé en son centre sur une lame de couteau, il pouvait servir de niveau.

Bâton en main, j'ai emprunté la piste cyclable jusqu'à la route du parc que j'ai atteinte au moment où le soleil touchait presque l'horizon.

À la hauteur de l'arbre mort, j'ai aperçu le faucon pèlerin qui effectuait sa ronde du soir. Il a tracé quelques cercles au-dessus de ma tête avant de planer en direction de l'étang de La Sauvagine. Je connaissais l'endroit précis où il se percherait: un grand hêtre.

J'ai poursuivi mon chemin jusqu'à l'érablière.

Peu après mon entrée dans le boisé, j'ai débouché dans une petite clairière. Une mare boueuse me barrait le chemin. Heureusement, un énorme tronc l'enjambait. Au moment où je montais dessus, quelqu'un a surgi d'un sentier et a sauté sur l'autre extrémité. C'était John Gaudreau. Il était armé d'une grande gaule.

Eh oui! Robin des Bois et Petit Jean s'affrontaient une fois de plus sur la même étroite passerelle sans garde-fou, armés d'une solide perche. Ce qui allait se passer était facile à deviner...

Certes, je tenais une arme plus redoutable que celle de John, mais j'étais vêtu comme vous savez. Mon adversaire, lui, avait mis un short déjà sale et un chandail à l'avenant. Il était clair que, des deux, j'étais le plus vulnérable.

John, à qui cela n'avait pas échappé, a souri de toutes ses dents.

— Je suis arrivé le premier, a-t-il menti, laisse-moi passer!

— Ce n'est pas vrai! ai-je hurlé.

— Mes ancêtres vivaient ici bien avant les tiens!

— Ça n'a rien à voir!

— C'est ce que nous allons voir!

Il a fait quelques pas dans ma direction. Chaussé d'espadrilles, il progressait avec aisance. Je me suis avancé à mon tour, sur des bottes malheureusement fort glissantes. Cependant, j'ai réussi tant bien que mal à conserver un air stoïque.

Rendus à portée d'armes, nous nous sommes immobilisés. Pendant quelques secondes, rien ne s'est passé, mais jamais je n'oublierai la blancheur insolente des grandes dents de mon adversaire qui semblaient absorber toute la lumière crépusculaire, car il souriait toujours.

J'ai porté le premier coup, à la hauteur de ses genoux. Il a sauté, et mon bâton a effleuré ses semelles. Comment s'y est-il pris? Je l'ignore, mais toujours est-il qu'il est retombé en plein milieu du tronc avec autant d'assurance qu'une gymnaste sur sa poutre. Ma parole! il devait y avoir de la colle sous ses espadrilles.

Je n'ai pas eu le loisir de m'interroger longtemps. À peine avais-je ramené mon bâton devant ma poitrine qu'il a foncé sur moi, la pointe du sien en avant. J'ai asséné un grand coup près de ses mains et son arme est tombée dans la mare.

C'était à mon tour de sourire et je ne m'en suis pas privé.

Après avoir joui un moment de la situation, j'ai crié: «La vengeance est douce au cœur du sauvage» et je lui ai planté la pointe de mon bâton dans les côtes. Malheureusement, mes semelles n'ont pu soutenir un tel effort de sorte que j'ai glissé en avant et que nous sommes tous les deux tombés dans la mare.

Après avoir bien ri, nous nous sommes aperçus que nous étions de nouveau amis.

Je n'étais plus en état de rendre visite à Marilou. Revenu à la maison, je lui ai téléphoné pour lui annoncer que je devais absolument conduire ma mère chez le dentiste à cause d'un mal de dent soudain et fulgurant.

— Ce sera pour une prochaine fois, m'a-t-elle répondu.

À mon grand regret, elle ne semblait pas trop déçue.

II
COMBINE

J'étais entré dans le salon, la musique aux lèvres.

— Que siffles-tu? m'a demandé ma mère.

— C'est une courante. En fait, le troisième mouvement de la *Suite no 2 en* D *mineur* pour violoncelle de Jean-Sébastien Bach.

Elle m'a jeté un drôle de regard et a continué à arroser ses plantes vertes. Les parents n'apprécient guère qu'on en sache plus qu'eux, surtout lorsqu'on se retrouve bon an mal an parmi les cancres du dernier tiers de sa classe.

Je revenais de chez Marilou, plus précisément de son kiosque. M. Pronovost l'avait érigé à l'arrière de sa maison, en plein verger, afin que sa fille puisse s'exercer à son instrument ailleurs que chez eux. Il n'aimait pas le violoncelle.

Moi, je l'appréciais de plus en plus. Cela faisait bien deux semaines que, presque chaque soir, tout de suite après le souper, je pédalais sur la route du parc jusqu'à l'érablière où je cachais ma bicyclette dans un taillis près de la cabane à sucre. De cet endroit jusqu'au verger Pronovost, je n'avais qu'à traverser le boisé sur quelques centaines de mètres.

À mon arrivée, Marilou cessait de jouer. Nous bavardions un peu, puis elle poursuivait ses exercices. Je l'écoutais et la contemplais en silence. Assise sur un tabouret, son instrument reposant sur la pique, la nuque courbée, elle jouait avec application. De temps à autre, elle relevait la tête et me regardait de ses yeux pers, comme pour me demander mon avis. Alors, je faisais le signe de la victoire ou bien je formais un cercle avec le pouce et le majeur pour lui montrer que son interprétation m'allait droit au cœur.

Il est facile d'apprécier un instrument si la musicienne est jolie et manie l'archet avec grâce.

Ma mère avait terminé son arrosage. Elle s'est tournée vers moi.

— M. Dufour est venu tout à l'heure. Il aimerait que tu passes le voir le plus tôt possible.

— A-t-il dit pourquoi?

— Non.

Peut-être voulait-il me faire part de sa fameuse proposition. Je n'avais rien à perdre. Je suis sorti, j'ai sauté la clôture entre nos terrains et j'ai sprinté jusqu'à sa porte, *because* son chien.

Dufour m'a ouvert, je l'ai suivi dans la cuisine.

— Tu veux une bière?

J'ai refusé. Il a fouillé dans son frigo et s'en est pris une qu'il a débouchée avec ostentation, comme s'il accomplissait un exploit.

— Aaah! tu connais Le Verger charmant?

Je ne connaissais pas.

— C'est un projet domiciliaire. Je suis un des promoteurs. L'affaire du siècle: cent quarante condos haut de gamme. Le seul problème, c'est que Pronovost ne veut pas vendre son verger.

— Son verger n'est pas le seul.

— Aucun n'est situé comme celui-là: collé la fois sur le parc et l'école. Pronovost est un imbécile. Qu'il ne compte pas sur mon aide quand ses rhumatismes le forceront à marcher avec une canne.

— Je sais, vous me l'avez déjà dit.

— Quant à ses filles...

Il a laissé sa phrase en suspens, a pris une gorgée à même le goulot, s'est essuyé les lèvres.

— Qu'il le garde son verger! Nous avons trouvé autre chose.

Il s'est tu un moment dans l'espoir que je lui demande quoi, mais je suis demeuré lèvres closes. Il m'a quand même donné la réponse.

— L'érablière. C'est juste à côté. Une vue impayable sur le lac, le parc et son maudit verger. Nous n'aurons même pas à changer le nom du projet.

L'érablière se trouve à l'intérieur des limites du parc.

— On va faire en sorte qu'elle n'en fasse plus partie. Le parc est déjà trop grand. As-tu une idée de ce que ça peut coûter aux contribuables?

— Les gens n'accepteront jamais.

— Les gens sont des moutons. Ils suivent toujours ceux qui parlent le plus fort.

Il est sorti de la cuisine quelques instants et est revenu un projet de circulaire à la main.

— Regarde ça!

À Oka
au cœur du
prestigieux parc Paul-Sauvé
LE VERGER CHARMANT
vous attend
(site unique pour élite)
DIFFÉRENT
EXCEPTIONNEL
VOISINAGE RAFFINÉ
condos 300 000 $ et +
pour information: (514) 000-0000

— À ce prix-là, je ne doute pas que les copropriétaires seront raffinés, ai-je dit.

Il n'a pas semblé saisir la subtilité de mon humour. Du même air sérieux, il m'a demandé si ma mère accepterait que son numéro de téléphone apparaisse sur la circulaire.

— Je suis rarement chez moi. Il faut bien que les clients éventuels puissent s'adresser quelque part. Je la récompenserais.

Il ne devait pas être au courant de l'existence du répondeur.

— Il faut le lui demander, ai-je répondu.

J'étais dégoûté. Je me suis levé. J'allais m'en aller lorsqu'il m'a retenu par le bras.

— Ne te sauve pas! Il n'y a pas le feu. J'ai aussi quelque chose à te proposer. C'est payant.

Je l'ai obligé à lâcher prise et suis sorti en claquant la porte. Dans la cour, son chien Tonnerre s'est rué sur moi. Parvenu au bout de sa chaîne, il s'est fait mal et a hurlé. J'aurais aimé que Dufour soit à la place de l'animal.

* * *

— Tu ne l'as pas du tout: tu marches.

Je me suis concentré et j'ai accéléré.

— Tu cours, maintenant! Et ne

lève pas trop les pieds; ils doivent raser le sol.

— Je n'y arriverai jamais.

Découragé, je me suis laissé choir sur l'herbe. John Gaudreau m'a imité. L'été des Indiens régnait sur ce premier samedi suivant le jour de l'Action de grâce. Il était presque midi: cela faisait déjà deux heures que je m'exerçais à la coulée. J'étais exténué.

La coulée se situe très exactement entre la marche et la course. Le terme a été inventé par Georges Hébert, un officier de marine et éducateur physique français, mais le mode de déplacement ainsi baptisé se pratique depuis des siècles dans les savanes africaines.

Beaucoup plus gracieuse que le déhanchement des marcheurs olympiques, la coulée permet de se déplacer rapidement et n'impose pas aux articulations les contrecoups de la multitude de petits sauts qui caractérisent la course. John maîtrisait la coulée à merveille et tentait de m'y initier.

Nous nous étions donné rendez-vous à l'orée du bois du Calvaire. De là, nous avions parcouru un long périple qui, par divers chemins,nous avait conduits jusqu'au sentier de la Grande Baie. Lorsque j'avais imploré grâce, nous approchions de l'étang de La Sauvagine. Pour l'heure, je m'étais déchaussé et je massais mes pieds endoloris.

— Les Blancs ont les pieds tendres, mais le cœur dur.

Inutile de vous dire qui avait prononcé ces paroles.

— C'est à cause de la civilisation, ai-je rétorqué. À propos, ton père est-il toujours satisfait de sa grosse Chrysler?

Il a fait comme s'il n'avait rien entendu et a poursuivi:

— Raser une érablière, c'est un

crime. Même si on la remplace par des livres.

— Des condos, ai-je répliqué. Pas des livres.

— Des condos et des livres.

— Explique!

Et John de m'informer que les promoteurs avaient offert à la municipalité 500 000 dollars de livres ainsi que la disponibilité d'un local.

— Cette bibliothèque serait située au sous-sol d'une des tours d'habitation et ne coûterait rien aux contribuables.

— Qui t'a dit ça?

— Mon père. Il a un ami au conseil de la paroisse.

J'ai remis mes chaussures et nous sommes repartis. En marchant, nous avons fait le tour de l'étang de La Sauvagine. Aucun castor à signaler même si de nombreux arbres abattus attestaient leur présence.

J'étais préoccupé. Jusqu'ici, je

n'avais pas cru que Dufour puisse imposer son projet. Mais je n'en étais plus si sûr maintenant. L'animal était retors. Comment afficher son hostilité à la création d'une bibliothèque?

— Allez-vous vous opposer au projet?

— N'y compte pas. On ne tient pas à avoir encore une fois l'armée sur le dos. Ceci est votre territoire, Blancs! Occupez-vous-en!

Je n'ai rien répondu. La rancune de John ne m'était pas personnellement adressée. D'ailleurs, je le savais peiné de l'éventuelle disparition de l'érablière. Comme moi, n'y trottait-il pas presque tous les jours?

Nous nous sommes séparés devant la colline du Calvaire. Je me suis dirigé vers le village, John a pris la direction de sa maison.

Près de chez moi, j'ai croisé M. Duranleau. Charpentier à la retraite, il arrondissait sa rente en effectuant des petits travaux à Oka et dans les environs. C'était un ami de mon père. Lorsqu'il m'a reconnu, il s'est mis à rire.

— Ah! ah! ah! bonjour, Patrick. Couches-tu toujours dans la chambre du devant?

— Bien sûr!

— Alors, achète un bon store.

Et de me quitter sur ces paroles, la bouche fendue jusqu'aux oreilles.

Intrigué, j'ai poursuivi mon chemin jusqu'au coin de la rue. En le tournant, j'ai vu l'enseigne. Dressée sur le terrain vague en face de chez nous, à l'exacte hauteur de la fenêtre de ma chambre, elle montrait un Aimé Dufour souriant et affichait le texte suivant:

Joignez-vous
à
AIMÉ DUFOUR
et dites
OUI!
à la lecture

OUI!
à la culture
OUI!
À LA BIBLIOTHÈQUE DES TOURS
OUI! OUI! OUI!

Je suis entré en trombe dans la cuisine, à l'instant où ma mère raccrochait le téléphone.

— C'était M. Dufour. Tu ne devineras jamais ce qu'il vient de me proposer.

Elle ne m'en a pas laissé le loisir, car elle a ajouté:

— Avec quelques amis, il a fondé un cercle littéraire et musical et il aimerait que j'en assume la présidence. Il trouve que j'ai la personnalité pour cela. Ça s'appelle Les Troubadours d'Oka.

— Comme le fromage!

— Ne te moque pas. C'est sérieux. Nous nous réunirons chaque vendredi soir, à tour de rôle chez l'un ou l'autre. La première réunion aura lieu ici. J'aurai besoin de ton aide pour aménager le sous-sol.

Je n'ai rien répondu. Je suis monté dans ma chambre que j'ai arpentée longtemps en long et en large. Lorsque mes pas me rapprochaient de la fenêtre, je me retrouvais face à face avec Dufour qui me narguait.

Vers les trois heures, j'ai appelé John et Marilou.

III
SONATE

Il y a trois ans, mon père était un des meilleurs chefs monteurs d'Hydro-Québec. Je me souviens qu'on l'appelait souvent pour les réparations urgentes, quand les fils électriques, par exemple, jonchaient le sol le long de la 344, après une tempête de pluie verglaçante.

Pourtant, c'est au cours d'un bel après-midi de juillet que l'accident s'est produit. À Pointe-Calumet, près de la marina. La nacelle qu'occupait mon père se trouvait à la hauteur des fils, tout près d'un gros transformateur. Il devait réparer de l'appareillage sous haute tension, car on n'avait pas voulu priver de courant des milliers d'usagers.

Il a été électrocuté et on n'a jamais su la cause exacte de l'accident.

Mon père a été inhumé au cimetière de la paroisse. Ma famille y possède un terrain. De temps à autre, je viens y effectuer des travaux d'entretien. J'en profite pour faire part à mon père de mes problèmes. Bien sûr, il ne me répond pas. Cependant, je quitte le terrain toujours apaisé et souvent porteur d'une solution.

Le dernier samedi du mois d'octobre, au début de l'après-midi, j'étais au cimetière en train de ramasser les feuilles mortes lorsque l'idée du *pin* me vint à l'esprit. De son vivant, mon père se préoccupait beaucoup d'environnement.

Mon travail terminé, j'ai couru jusque chez les Pronovost où Marilou m'attendait dans le kiosque en compagnie de John. J'avais pris la décision de lutter contre le projet de Dufour et mes amis avaient accepté de m'épauler. Nous tenions notre première réunion d'organisation. D'entrée, j'ai lancé:

— Pourquoi pas un *pin*?

J'ai prononcé *pinne*.

— Un *pin*? s'est exclamée Marilou. Explique: je ne sais pas ce que c'est.

— Une épinglette, si tu veux. Les Français disent *pin*. C'est la dernière mode, là-bas. Tout le monde les collectionne.

— Mais nous ne sommes pas des Français, a dit John.

— Je sais; toi encore moins que nous. Mais mon idée est bonne, j'en suis sûr.

Un petit suisse se tenait proche d'une des fenêtres du kiosque. Il nous fixait du regard. Il semblait intrigué. Peut-être se demandait-il pourquoi nous n'allions pas jouer dehors alors qu'il faisait si beau.

Marilou a pris la parole.

— Nous pourrions lancer une mode. Imaginez: le *superpin*! la reproduction d'un suisse, la mine désolée avec, écrit au-dessous: «Pense à mon habitat.»

— Toi aussi, tu l'as vu?

— Il vient tous les jours.

— Faudrait lui donner un nom, a dit John.

— «Charmant», a proposé Marilou.

Suisse charmant contre Verger charmant; ça allait être excitant. Restait à résoudre la question des gros sous.

— Fabriquer une épinglette coûte cher, a remarqué John, et il en faudrait des milliers.

— Il n'y a qu'à les vendre, a répliqué Marilou.

— Combien? ai-je demandé.

Nous avons discuté un bon moment, mais comme nous ne connaissions pas les coûts de fabrication, nous tournions en rond.

— Nous demanderons le prix de

fabrication plus deux dollars, a tranché Marilou.

— Et nous arrondirons à cinq dollars, si c'est moins, ai-je ajouté. Le profit nous permettra de financer les autres opérations.

— Qui seront? a demandé John.

La discussion a repris et s'est poursuivie jusqu'à ce que le soleil bascule sous l'horizon. Il devait être bien au-dessous de celui-ci lorsque nous sommes parvenus à nous entendre sur la présentation d'une pétition aux autorités compétentes, la formation d'un groupe de pression écologique et la tenue d'une assemblée publique animée par un écologiste de renom. Il a aussi été décidé que Marilou donnerait un récital dans le cadre de la lutte contre le monstrueux projet de Dufour et j'ai levé la séance par ces mots:

— À culture, culture et demie.

Il était temps: une grosse voix a fait vibrer les vitres du kiosque.

— Marilou! Le souper est prêt. Si ton déménageur est là, tu peux l'inviter.

J'ai interrogé John du regard; il a été coopératif.

— Je m'en retournerai seul. De toute façon, je voulais exercer ma coulée.

Il nous a quittés et j'ai suivi Marilou jusqu'à la table familiale.

— Claudine est absente ce soir, m'a dit M. Pronovost en guise de bienvenue. Nous te donnerons sa part. Je t'avertis: elle a un appétit d'oiseau.

— Laisse-le donc tranquille, a dit sa femme.

Tout au long du repas, M. Pronovost n'a cessé de taquiner Marilou à propos de son violoncelle, laissant à peine l'occasion à son épouse de glisser parfois un «Laisse-la donc tranquille!» Cependant, au moment du dessert, à ma grande surprise, il a changé de sujet.

— Ça vous prendrait un détective privé.

— Un quoi? se sont écriées de concert Marilou et sa mère.

— Un détective privé. Pour vous aider dans votre lutte contre Dufour. Je connais le gars; il y a certainement quelque chose de louche dans son projet. Un bon détective va vous démêler ça en un tour de main.

L'idée était bonne, mais notre budget ne nous permettrait certainement pas de défrayer les honoraires d'un professionnel. J'en ai fait part à M. Pronovost.

— Je m'en charge. Ce sera ma contribution. J'ai un ami qui dirige une agence. Je ne veux surtout pas voir pousser des tours à côté de mes pommiers. Alice, as-tu toujours le numéro de Jeanne?

Pendant que la mère de Marilou cherchait ledit numéro sur le dessus du frigo, il a ajouté en aparté:

— Jeanne est la femme de Fred, mon ami détective. C'est Alice qui les a présentés l'un à l'autre.

Alice ayant trouvé le numéro, son mari est sorti de la cuisine pour téléphoner à Fred et, pendant un bon quart d'heure, nous l'avons entendu, à ce qu'il nous a semblé à la sonorité de ses rires, se lancer dans un concours de galéjades avec un Fred aussi facétieux et gouailleur que lui. Enfin, il a raccroché et nous a déclaré sur un ton des plus solennels:

— C'est réglé. Il m'en envoie deux. Ce sont des stagiaires, mais ils sont bons, paraît-il.

— Deux! me suis-je écrié.

— Oui, deux. Pour le prix d'un. Marilou, tu peux aller te promener avec ton déménageur. Ce soir, c'est moi qui fais la vaisselle.

Marilou et moi sommes donc sortis marcher un peu, histoire de digérer. Nous avons traversé le verger jusqu'à la piste cyclable qui relie l'école à la route du parc et, lentement, nous sommes descendus vers celle-ci. Des clapotis de lune dansaient sur le lac des Deux-Montagnes. En silence, nous avons longé le champ de tournesols, attentifs à son murmure. Bien que la saison fût avancée, des chuintements et des gargouillis s'en échappaient. La vie est opiniâtre; il faut plus que quelques nuits fraîches pour en venir à bout.

— Je serai musicienne. Et toi?

Nous avions atteint le grand pommier sauvage et nous revenions sur nos pas. Nous montions à présent en direction de la lune. Ses reflets jouaient sur les vieilles pierres de l'école.

— Tu as de la chance d'avoir trouvé ta voie. Moi, je ne sais pas.

— Il serait temps que tu fasses un choix: le cégep, c'est pour bientôt.

— Je n'irai pas au cégep.

— Pourquoi?

— Je ne suis pas assez intelligent.

Elle a mis son bras sous le mien et a appuyé sa tête sur mon épaule.

— Grand fou! Je réussirai à te faire changer d'idée.

On venait de me traiter de fou; pourtant, je me sentais si joyeux que j'aurais pu m'envoler au-dessus du lac.

J'ai reconduit Marilou jusque devant chez elle. J'allais la quitter lorsqu'elle m'a retenu par le bras.

— J'ai un secret à te confier.

Bien sûr, je n'ai pas essayé de me dégager. J'ai plutôt pris un air intéressé. Celui de Marilou était important.

— Apprenez, monsieur Saint-Cyr, que Marilou Pronovost va créer une œuvre: la *Sonate d'Oka*.

— C'est de toi?

— Bien sûr que non. Je suis une interprète, pas une compositrice. La pièce est de M. Svoboda.

— Le joueur de hockey!

— Très drôle! Gustav Svoboda est un célèbre musicien tchèque. Il vient d'arriver au Québec. C'est mon professeur de violoncelle, Mlle Lavirolle, qui lui a commandé l'œuvre. Tu n'en avais jamais entendu parler?

— Il est rare que quelqu'un soit à la fois expert en hockey et en musique.

Elle n'a pas relevé mon humour mais m'a plutôt appris que sa sonate comprenait quatre mouvements alternativement lents et rapides. Chaque mouvement développait un thème inspiré de notre folklore, à savoir: *Le Petit Mousse, Alouette, Partons, la mer est belle* et *Vive la Canadienne*. Elle m'a expliqué cela longuement, avec des mots compliqués, puis elle est entrée.

En revenant chez moi, j'ai croisé un fardier. Il transportait une pelle mécanique.

IV
ENTOURLOUPETTES

Je rêvais à Marilou lorsque le téléphone a sonné. C'était elle.

— Les deux zigotos sont arrivés hier soir.

— Les deux quoi?

— Les deux détectives. Si tu les voyais! Supermarrants, mais je doute qu'ils soient compétents. Papa les a installés dans la grande chambre du haut. Je ne t'ai pas réveillé, j'espère?

Que croyait-elle? Il était sept heures vingt, le premier samedi de novembre et il neigeait. J'ai réprimé un bâillement avant de demander poliment:

— Pas compétents, pourquoi?

— Si tu les voyais! Si tu les entendais surtout! Laisse-moi te raconter. Il était près de dix heures; on sonne à la porte. J'ouvre et me retrouve devant un Noir haut de deux mètres et un petit Chinois qui lui arrivait à peine à l'épaule.

— Le grand Charles de Gaulle et le petit Napoléon Bonaparte étaient tous deux compétents.

— Oui, mais ils avaient de l'expérience, tandis que nos deux moineaux sont à peine plus âgés que nous. Ils m'ont dit qu'ils avaient pris un congé sabbatique avant d'entreprendre leurs études collégiales, l'an prochain.

— Ils sont peut-être en congé sabbatique depuis dix ans. Ça s'est déjà vu.

— Ne te moque pas. Ils sont réellement très jeunes. Même que le petit Vietnamien a l'air d'avoir tout au plus quatorze ans.

— Le Vietnamien?

— C'est le Chinois dont je t'ai parlé. Il se nomme Thanh Nguyen.

— Et l'autre?

— Prosper Baptiste. Il a un oncle au Zaïre.

— Baptiste est un nom haïtien, pas africain.

— Je sais, mais il n'arrête pas de parler de son oncle Mobuto qui tient un salon de bronzage à Lubumbashi. C'est au Zaïre. Lui et papa s'entendent comme larrons en foire. Ils ont placoté et ri jusque passé minuit.

— Et le Vietnamien?

— Il jouait avec l'ordinateur de papa. Tiens! je les entends marcher en haut. Je te laisse. Je ne veux pas manquer le déjeuner; ça va être drôle. Bisous.

Là-dessus, elle a raccroché.

J'étais bien réveillé. «Autant commencer la journée sans attendre», me suis-je dit. J'ai déjeuné en vitesse, puis j'ai appelé

John pour lui annoncer l'arrivée des fins limiers. Je les lui ai décrits aussi, mais il n'a fait aucun commentaire. Il m'a plutôt proposé une excursion dans le bois du Calvaire, histoire de relever des pistes d'animaux.

— Il a neigé cette nuit. Nous serons les premiers à passer et il y aura des perdrix. Je m'occupe du lunch.

Je ne me suis pas fait prier. Qui a déjà cheminé en forêt juste après une première neige et sursauté à l'envol soudain d'une perdrix me comprendra. Nous nous sommes donné rendez-vous à l'orée du bois, près de la cabane d'accueil. J'y suis arrivé à dix heures précises et John m'y rejoignait quelques minutes plus tard.

Nous avons emprunté le sentier qui mène au sommet de la colline du Calvaire. Nous avions l'intention de casser la croûte sur le perron du chalet, puis de nous diriger tout doucement vers les trois chapelles. Il faisait froid et une neige sèche tombait, très fine, masquant malheureusement les traces des petits êtres qui nous avaient précédés.

John ouvrait la marche. J'en étais fort aise, car celui qui suit a l'esprit plus libre. Ainsi, j'avais tout le loisir de rêver à Marilou, la fille la plus dynamique d'Oka et des alentours.

En douce, elle avait pris la direction des opérations pour la défense de l'érablière. J'avoue que sous ma gouverne, elles n'auraient guère progressé, car je suis d'un naturel lent et paresseux. Et comme j'ai tendance à me sous-estimer, j'en ai parlé à Marilou. Elle avait protesté:

— Tu te trompes. Je dirai que tu es plutôt d'un naturel placide; c'est une qualité. Cesse donc de te dénigrer à tes propres yeux.

La placidité n'était peut-être pas un trait de caractère dominant chez Marilou; mais, sous sa direction, les choses avaient avancé rondement: le *superpin* était déjà conçu et dessiné par Karl, un de ses cousins, et serait disponible dès le milieu de la semaine suivante; le financement allait bon train grâce au père du dénommé Karl qui avait accepté de couvrir le coût de production de cinq mille épinglettes; enfin, un comité de lutte avait été créé à chaque échelon du secondaire. Une réunion générale de ces comités devait se tenir bientôt.

Et n'oublions pas nos deux fins limiers.

— Si j'étais à la place de Dufour, je commencerais à m'inquiéter.

John ne m'avait pas entendu, et j'ai dû répéter. Rendus en haut de la pente abrupte qui mène aux abords du chalet, nous étions tous les deux à bout de souffle.

— Je ne partage pas ton optimisme, m'a-t-il répondu.

Il a déposé son sac devant la porte et s'est assis sur le banc qui fait face au lac. Je me suis agenouillé et j'ai sorti les victuailles. Pendant ce temps, John poursuivait:

— Je trouve que Dufour progresse alors que nous piétinons.

— Nous piétinons? Tu oublies les épinglettes, les comités, la conférence, le récital...

— Tout ça est encore à l'état de projet. Pour le moment, Dufour est le seul à marquer des points. Il a même fait venir une pelle.

Je versais du café dans deux verres de plastique. Préoccupé de n'en point perdre une goutte, j'étais à cent lieues de m'inquiéter de la vieille pelle mécanique que Dufour avait fait transporter près de l'érablière. Depuis quinze jours, elle se dressait, oisive, au bout de la ferme des Bigras, tout près du verger Pronovost. Elle en était d'ailleurs si près que le chien de Marilou pouvait pisser dessus sans dépasser les limites de son territoire.

— C'est une vieille pelle toute rouillée. Je me demande si elle est en état de fonctionner.

J'ai tendu un verre à John.

— De toute manière, l'érablière n'appartient pas à Dufour. Il n'a pas le droit d'y effectuer des travaux.

— Tu ne vois donc pas qu'il occupe le terrain? Les gens vont s'habituer. Si, un jour, la pelle pénètre dans l'érablière, ils trouveront cela tout naturel. Et un bélier mécanique va la précéder, tu peux en être sûr.

Je n'ai pas répondu. À l'aide de mon couteau suisse, je me suis taillé une épaisse tranche de saucisson. Tout en la dévorant, je regardais le lac des Deux-Montagnes. Un grand canot avec huit personnes à bord se soulevait et retombait entre les vagues.

— Un rabaska, ai-je dit. Il ne doit pas y faire chaud.

John a jeté un coup d'œil.

— Il suffirait de quelques bâtons de dynamite.

Je me suis levé et j'ai mis la main sur son épaule.

— Il y a d'autres moyens. Partons. Nous avons encore plusieurs kilomètres devant nous.

Nous les avons parcourus lentement car perdrix et écureuils étaient au rendez-vous.

* * *

Dès mon retour à la maison, ma mère m'apprenait qu'un promoteur asiatique voulait investir dans la région d'Oka.

— Dans le projet de Dufour?

— Non. C'est une autre affaire immobilière. Il lorgne des terrains près de la 640. Il veut sortir son argent de Hong-kong avant que ce territoire ne soit annexé par la Chine, en 1997.

— Il t'a dit ça!

— Je ne l'ai pas vu. Il est allé voir Berthe à son dépanneur dans le but de s'enquérir des terrains disponibles. Son agent d'affaires l'accompagnait: un grand Noir avec un tout petit porte-documents. Berthe m'a dit que le Noir était très drôle. Ah! j'y pense: M. Dufour veut te voir.

— Encore!

— Je sais que tu ne l'aimes pas, mais vas-y quand même, au moins pour être poli.

Qu'avais-je à perdre en y allant? Peut-être arriverais-je à lui soutirer des renseignements utiles à notre cause. J'ai sauté par-dessus la clôture et j'ai foncé jusqu'à la porte de notre charmant voisin, Tonnerre sur les talons. Dufour était chez lui.

— Entre et ne te sauve pas. Cette fois-ci, j'ai quelque chose de vraiment intéressant pour toi...

«Il a donc en tête autre chose que

ce qu'il voulait me proposer la dernière fois», me suis-je dit.

— Je voulais que tu t'occupes de la distribution de circulaires, mais j'ai trouvé quelqu'un d'autre...

«Pour qui m'avait-il pris?» me suis-je demandé.

— Aujourd'hui, je t'offre un travail d'espionnage immobilier.

— De l'espionnage immobilier?

— Oui. C'est comme l'espionnage industriel, mais en moins technique. Je crois savoir maintenant pourquoi Pronovost a refusé de me vendre son verger, mais je veux en connaître plus sur l'affaire qu'il mijote.

J'ai pris un air à la fois humble et intéressé.

— Je ne suis qu'un médiocre étudiant, monsieur Dufour. Comment pourrais-je vous être utile en pareille matière?

Sa face s'est figée en une expression de surprise.

— Maudit que tu parles bien!

Puis, pendant que je baissais modestement les yeux, il a ajouté:

— Laisse-moi t'expliquer. Je sais de source sûre que des promoteurs asiatiques — des gros promoteurs, pas du menu fretin — sont à la recherche de terrains dans la région.

— C'est toute une nouvelle que vous m'apprenez là, monsieur Dufour. Comment avez-vous su?

Il s'est efforcé de hausser son langage au même niveau que le mien.

— Sache, jeune homme, que je ne dévoile jamais mes sources.

Encouragé de la sorte à user d'un langage au-dessus de ma condition, j'ai répondu:

— Je comprends votre réserve et ne puis que l'approuver.

Je m'amusais follement, mais je me suis dit que si j'y allais un peu trop fort dans la préciosité, mon interlocuteur finirait par s'apercevoir que je me moquais. Dufour a posé la main sur mon épaule.

— Puis-je te faire confiance?

— Bien sûr.

— Mes sources m'informent que les promoteurs visent les lots en bordure de la 640; mais moi, je sais que c'est ailleurs qu'ils ont l'intention d'acheter.

Il s'est arrêté un moment, pour le suspense, et je lui ai fait plaisir en ouvrant bien grands des yeux remplis d'expectative. Il s'est penché et m'a dit tout bas, comme si nous étions au milieu d'une foule:

— C'est le verger de Pronovost qu'ils convoitent. Je les ai vus sortir de chez lui, ce matin.

— Ce même verger qu'il a refusé de vous vendre! me suis-je écrié, indigné.

— Oui. Et je ne serais pas surpris que la transaction aboutisse. Ils vont mettre le paquet, et Pronovost va vendre. À des étrangers! Tu te rends compte: notre patrimoine entre les mains d'étrangers!

— L'argent n'a pas d'odeur!

Et j'ai soupiré.

Lui aussi a soupiré à plusieurs reprises.

— Sors-tu toujours avec la fille de Pronovost?

— Oui.

— Tâche de savoir combien ils lui ont offert. Je te récompenserai.

Je l'ai regardé droit dans les yeux.

— C'est une information de la plus haute importance. Combien m'offrez-vous?

Il m'a jeté un regard en coin, visiblement étonné par mon sens des affaires.

— Cent dollars.

— Ce n'est pas assez. J'en veux deux cents, dont la moitié maintenant.

Il a essayé de négocier, mais j'ai tenu bon. Lorsque je suis sorti de chez lui avec cent dollars en poche, il m'est apparu soudain que non seulement j'étais devenu un espion immobilier, mais aussi un agent double et, je l'avoue, j'en ai tiré quelque fierté.

Revenu à la maison, j'ai tout de suite téléphoné à Marilou:

— J'ai obtenu une première contribution pour notre fonds de défense de l'érablière.

— Mes félicitations. Combien?

— Cent dollars.

— Cent dollars! De qui?

— De Dufour.

— Grand fou!

Il m'a fallu une longue explication pour la convaincre que je disais la vérité.

V
AMATEURISME

D'avoir manipulé mon voisin avec autant de finesse m'avait rendu euphorique, mais cet état a été de courte durée. Bientôt sont apparus des signes certains de la progression de Dufour vers son but, malgré tous nos efforts pour l'en empêcher.

Ainsi, le lendemain dimanche, au dîner, ma mère m'annonçait fièrement que l'essentiel du gratin du coin assisterait à la première rencontre des Troubadours d'Oka. «Même le notaire Latreille va venir. Cette semaine, il faudra m'aider à ranger le sous-sol.»

Désolant!

Le repas terminé, étant monté

dans ma chambre pour y déverser mon spleen naissant sur le paysage morne et enneigé, j'ai rémarqué qu'on avait affiché un placard à côté de la binette de Dufour. L'avis convoquait les citoyens d'Oka à une réunion d'information sur le projet des Tours.

Horripilant!

Enfin, ce même après-midi, alors que, bâton en main, je me dirigeais vers la piste cyclable, je suis passé devant quelques balcons qui arboraient une pancarte:

OUI! OUI! OUI!

proclamaient-elles, annonçant à tout le monde que les occupants de ces logements appuyaient le projet de Dufour. Et si ça devenait une mode? Et si on se mettait à placarder ce slogan partout, juste pour faire branché?

Inquiétant!

Cet après-midi-là, j'ai marché jusqu'à l'étang de La Sauvagine que j'ai contourné sous un ciel bas. Il faisait froid. Les derniers canards de la saison s'étaient regroupés frileusement près du coin aux quenouilles. Encore quelques jours de ce temps, et ils mettraient cap au sud, à la suite du faucon pèlerin et de la plupart des autres oiseaux. Les vieilles corneilles resteraient; elles préfèrent le froid aux fatigues et aux aléas du voyage.

De retour à la maison, j'allais monter dans ma chambre lorsque ma mère m'a dit que Marilou avait appelé. «Elle aimerait que tu passes chez elle ce soir. C'est très important, paraît-il. Ne rentre pas trop tard; tu as des cours demain.»

Ce qui allait se passer le lendemain m'importait peu. Ce soir, je verrais Marilou. Je me suis senti ragaillardi un brin.

* * *

Marilou m'a reçu, une liasse de papiers à la main.

— C'est ma sonate. L'encre est à peine sèche.

— Ne la secoue pas trop; les notes vont tomber sur le tapis! a plaisanté son père.

Marilou n'a pas relevé.

— M. Svoboda est venu ce matin. Il manque le dernier mouvement, celui de *Vive la Canadienne*. Il veut le retravailler. Je l'aurai dans quelques jours. Les détectives vont me le rapporter.

— Ils ne sont pas là?

— Non. Ils sont allés à Montréal pour consulter des documents à la Régie du bâtiment. J'espère qu'ils savent lire.

M. Pronovost est intervenu pour les défendre.

— Ils sont très compétents.

— Voyons, papa! Qu'ont-ils fait jusqu'ici, à part lancer la rumeur qu'ils viennent investir de grosses sommes en provenance d'Asie? Dire que tu dépenses ton argent pour cela! En plus, tu les nourris. Le grand Noir pourrait ingurgiter la moitié d'un rosbif à lui tout seul.

— Ils viennent à peine d'arriver. Thanh a déjà conçu un programme révolutionnaire pour une exploitation rationnelle de mes pommiers.

— Si c'était un informaticien que tu voulais, te voilà comblé. Il passe son temps à jouer avec ton ordinateur. Viens, Patrick. Nous parlerons dans mon kiosque.

— Mais il fait noir.

— J'y ai installé l'éclairage, a dit M. Pronovost. Ça m'a coûté des sous, mais le silence est d'or. C'est chauffé aussi. Prosper m'a aidé. Prosper, c'est le grand Noir. «Ou tu me donnes un coup de main, que je lui ai dit, ou tu subis deux heures de violoncelle chaque soir.» Il a sauté dans son jean.

Marilou m'a entraîné dehors et la porte a claqué.

— Je croyais que tu les trouvais supermarrants.

— Sais-tu ce que m'a dit le dénommé Prosper, lorsqu'il m'a entendue jouer du violoncelle, hier soir?

— Non, mais à ta mine, je devine que ce n'était pas un compliment.

— Comme dirait mon oncle Mobuto: «Rien ne vaut un concerto comme prélude à un gros dodo.» Et il est monté se coucher. Tu trouves ça marrant, toi?

Nous sommes entrés dans le kiosque. Là, à l'abri des quolibets des barbares ignares, Marilou a joué, pour la première fois, et pour moi seul, la *Sonate d'Oka* de Gustav Svoboda; excepté le dernier mouvement, bien entendu.

Sublime!

* * *

Lorsque les événements ne concordent pas avec mes désirs, il m'arrive de souhaiter être dans la peau d'un autre. Or, au cours de cette deuxième semaine de novembre, je n'ai cessé de désirer être un jeune romantique allemand. J'aurais habité Heidelberg, y fréquentant vaguement l'université, et j'aurais tenu un journal dans lequel je me serais épanché. «Le temps coule comme un épais sirop sur mon âme», y aurais-je écrit, près de ma fenêtre, à la lumière d'un pâle soleil d'hiver, tout en faisant jouer *Die Männer sind méchants*[1] sur un vieux gramophone à cornet. *Die Männer etc.* est un *lied* de Franz Schubert. Ma mère a le disque. Lorsqu'elle le met, je sais qu'elle a du vague à l'âme. Et lorsque le désir de l'entendre me prend, c'est qu'à mon tour, je me sens mélancolique.

Or, j'ai été mis à rude épreuve cette semaine.

Pour commencer, il m'a fallu encaisser que je ne pourrais

---

[1] Les hommes sont méchants.

d'aucune façon participer à la direction du CODER, le Comité pour la défense de l'érablière. Du moins officiellement. «C'est incompatible avec ton rôle d'agent double», m'a rappelé John, alors que nous étions sept à placoter autour de la table, dans le kiosque de Marilou. John a ajouté:

— Tu nous seras plus utile en restant dans l'ombre.

Me faisant face, sa petite tête pleine émergeant à peine au-dessus de la table, était assis le représentant de la première année du secondaire. Un «bollé». Dès que je commençais à émettre une idée, il devinait la suite de ma pensée, me coupait la parole et terminait mon énoncé mieux que je ne l'aurais fait. Oui, un «bollé» à jeter dans le lac, avec ses lunettes à culs de bouteille et ses grandes oreilles!

Les représentants des autres niveaux étaient des représentantes.

Rien à en dire, sauf que Marilou les éclipsait toutes. C'est elle, en passant, qu'on a nommée à la présidence. John a décroché le poste de vice-président et le «bollé» celui de secrétaire-trésorier. Ce dernier a aussi été chargé de la conception et de la distribution d'une circulaire. Quant à moi, je suis revenu à la maison gros Jean comme devant.

* * *

La réunion s'était tenue le lundi soir. Le lendemain, le soleil ne s'est pas levé.

Je me suis traîné jusqu'à la poly dans un brouillard à trancher au couteau, déchiré à deux reprises par la sirène d'une ambulance. Les autos jouaient à cache-cache sur la 344. Et il y avait des maths au programme. J'ai été interrogé et, comme d'habitude, j'ai répondu de travers. Sur le chemin de la maison, le brouillard ayant daigné se lever, j'ai pu constater que le nombre de pancartes affichant OUI! OUI! OUI! avait presque doublé.

* * *

Le mercredi soir, ma mère et moi avons rangé le sous-sol en préparation de la rencontre des Troubadours d'Oka.

— Il manque des chaises. Va donc chez M. Dufour lui en emprunter quelques-unes, m'a-t-elle demandé, tandis que je finissais de balayer la pièce.

J'ai profité de l'occasion pour glisser en catimini à mon voisin que j'avais appris de source certaine que les promoteurs asiatiques étaient à Montréal pour quelques jours.

— C'est donc pour ça que je ne les voyais plus.

Je me suis rapproché et je lui ai chuchoté à l'oreille:

— Je sais qu'ils passent leurs journées à la Régie du bâtiment.

Dufour a sifflé entre ses dents. Il m'a lancé un regard plein de respect.

— Ainsi, Pronovost aurait refusé de vendre et ils chercheraient quelque faille à exploiter chez lui ou chez ses voisins.

— Je n'en serais pas surpris. À moins que...

J'ai fait comme si je m'abîmais dans une profonde réflexion.

— À moins que quoi?

— À moins qu'eux aussi cherchent à faire *dézoner* une partie du parc.

Dufour est resté un moment songeur, ensuite il m'a aidé à transporter les chaises.

* * *

Le lendemain soir, j'étais en train de regarder la télévision, quand une circulaire s'est frayée un chemin sous la porte d'entrée. Elle provenait du Comité de défense de l'érablière et j'y ai découvert onze fautes, ce qui signifiait qu'il devait y en avoir au moins une vingtaine. Je me suis empressé de la faire disparaître avant que ma mère ne la voie et j'ai appelé Marilou.

— Résidence Pronovost, bonsoir.

À l'intonation, j'ai compris que le grand Noir était de retour.

— Puis-je parler à Marilou?

— Ah! mais c'est qu'elle n'est pas là, mon vieux.

— Va-t-elle rentrer bientôt?

— Comment le saurais-je? Comme dirait mon oncle Mobuto: «N'entre pas de si tôt qui t'a dit: à tantôt.» Puis-je lui dire qui a appelé?

— Patrick Saint-Cyr.

— L'agent double!

L'animal était au courant. Il a poursuivi:

— Puisque tu es une sorte de collègue, mon vieux, je vais tout te dire. Mademoiselle Marilou nous a quittés tout à l'heure, très en colère. Une affaire de circulaire. En sortant, elle a crié: «Je m'en vais frotter les oreilles de l'espèce de navet...» La porte a claqué sur ce mot-là. Serait-ce toi, le...?

— Ce n'est pas moi.

— Alors, dors en paix, mon vieux, et prie pour l'autre légume. Je dirai à Mlle Marilou que tu as téléphoné.

Il a raccroché. On a sonné, je suis allé ouvrir, c'était Dufour. Il arborait une mine triomphante, il tenait une circulaire à la main, *et caetera*.

VI
SABOTAGE

Il m'avait fallu presque nager jusque chez Marilou, tant l'air était saturé d'eau. Et voilà que, sur le chemin de l'école, un petit vent frisquet s'était levé, qui nous glaçait jusqu'à l'âme.

— Il n'était pas chez lui, m'a dit Marilou.

— Il doit s'être enfui au Mexique.

Nous causions bien sûr du petit «bollé», maître d'œuvre de la fameuse circulaire.

Un désastre!

La veille, Dufour s'était longuement entretenu avec ma mère. «Les jeunes ne lisent plus, criait-il presque. Voilà le résultat.» Il avait brandi la circulaire et ajouté: «Et ça ose monter une campagne contre un projet de bibliothèque. Je vais demander à Boileau de la reproduire en première page.»

Boileau était le rédacteur en chef de *La Trompette d'Oka*.

— Pardon?

Marilou venait de m'adresser la parole, mais je n'avais rien saisi, plongé que j'étais dans mes pensées.

— Je disais que nous devions lancer la campagne de vente des épinglettes ce soir.

— Il vaut mieux attendre un peu.

Nous étions arrivés à l'école. John se tenait au bas des marches.

— Vous avez lu la circulaire?

Marilou a incliné la tête comme une reine qu'on va décapiter.

— Nous tournons en rond. À ce rythme-là, nous n'irons nulle part. Je te donne ma démission, Marilou. Ne le prends pas personnellement.

Là-dessus, il nous a quittés. J'ai

tenté de consoler Marilou qui avait bien envie de pleurer.

— Je connais John comme si je l'avais tricoté, lui ai-je dit. Il est timide. Il n'aime pas travailler en équipe. Il aura trouvé un prétexte pour se désister, c'est tout.

Mais, en mon for intérieur, je n'en pensais pas moins que John, trouvant nos actions trop molles, avait décidé d'agir à sa façon. Et je craignais le pire.

* * *

En classe, Mme Racicot, notre prof de français, a improvisé un cours comme elle le fait souvent à partir du «vrai vécu». Elle a remis à chacun une photocopie de la circulaire.

— J'ai trouvé ce torchon parmi mon courrier, hier soir. Cherchez les fautes. Celui qui en trouvera moins de douze aura zéro.

Il s'est avéré qu'il y en avait vingt-sept.

* * *

Après les cours qui se terminaient à 16 h ce jour-là, j'ai reconduit Marilou chez elle.

— Je vais te jouer le dernier mouvement de la *Sonate d'Oka*. Ça va me calmer. Les détectives sont revenus hier et ils me l'ont apporté.

— Ils auront au moins servi à quelque chose.

Elle a soupiré et est entrée chercher la partition alors que je me dirigeais vers le kiosque. Un des deux fins limiers, le Vietnamien, arpentait le champ à courte distance de la pelle mécanique, toujours sur le terrain des Bigras. Il m'a aperçu et s'est approché.

— Patrick Saint-Cyr, je présume. Je me présente: Thanh Nguyen, aussi appelé Docteur Nguyen bien que je n'aie pas encore mérité ce titre, mais ça viendra. As-tu réussi à infiltrer l'ennemi?

— Infiltrer?

— N'es-tu pas agent double? C'est du moins ce que m'a dit M. Pronovost. Il a précisé que tu travaillais pour notre cause et qu'on pouvait te faire confiance.

Je n'ai pas démenti et je lui ai laissé entendre que j'avais, dans une certaine mesure, réussi à pénétrer le secret de notre adversaire.

— Mais, ai-je ajouté, je dois garder les informations par-devers moi puisque je suis un agent double.

— Il faudra bien que tu nous les livres un jour. Sinon, à quoi serviraient-elles? Apprends que mon collègue et moi sommes des experts. Apporte-nous quelques indices, si minimes soient-ils, et nous attraperons la Vérité au collet. Vois-tu cette pelle?

Il ne me laissa pas le temps de répondre.

— Eh bien! il n'y aucune trace de pas autour, bien que la neige qui couvre le sol date de plus d'une semaine et qu'il n'ait pas neigé depuis.

— C'est que personne ne se sera approché de la pelle.

— Excellente déduction. Ah! mais j'y pense. Nous avons appris par Marilou que tu as fait croire à Dufour que nous cherchions à faire *dézoner* une partie du parc. Parfait! nous allons essayer de le conforter dans cette idée. Tiens! voilà notre violoncelliste qui se pointe; je te quitte.

Il s'est dirigé vers la maison et je suis entré dans le kiosque.

Marilou ne s'est pas attaquée tout de suite à la partition. Comme nous étions tous deux très tendus, nous avons tout d'abord bien ri des professeurs, puis de Dufour ensuite, et pour finir des détectives. «Je sais maintenant pourquoi ils sont deux», m'a dit Marilou. Et de m'expliquer que le petit Thanh se considérait comme un fin analyste «qui projettait sur chaque détail la froide lumière de la raison», alors que le grand Prosper, plus paresseux, aimait bien s'étendre, fermer à moitié les yeux et «contempler l'essence des choses, mon vieux».

— À eux deux, ils forment un détective. Thanh analyse, alors que Prosper effectue la synthèse.

— Peut-être ne reçoivent-ils chacun qu'un demi-salaire.

— Je l'espère.

Il faisait noir maintenant et une pluie verglaçante tambourinait sur le toit du kiosque. Comme une chaleur moite y régnait, j'ai ouvert plusieurs panneaux vitrés pour ventiler la pièce. J'ai regardé ma montre; il était 17 h 15.

Marilou a placé la partition sur le lutrin et a commencé à jouer la *Sonate d'Oka* à partir du début. Lorsqu'elle est arrivée au dernier mouvement, j'ai su ce que signifiait le mot chef-d'œuvre. Le thème était simple, mais développé avec tant de brio qu'il rappelait le *Boléro* de Ravel.

Lorsque je suis sorti du kiosque, vers 18 h 30, il faisait froid et les pommiers, couverts d'une carapace de glace, scintillaient sous la lune.

Je me dirigeais vers la maison où se tiendrait dans moins de deux heures la première rencontre des Troubadours d'Oka. Malgré cela, je marchais d'un pas léger, l'âme pacifiée, le thème du dernier mouvement de la sonate aux lèvres.

La preuve que la musique adoucit les mœurs.

* * *

Ma mère m'avait confié la mission de filmer en vidéo les instants marquants de la première rencontre des Troubadours d'Oka.

— Comment saurai-je que c'est marquant?

— Je te ferai signe.

Ce qu'elle a fait dès mon arrivée, car ses invités étaient déjà là. J'ai donc pris en gros plan, au fur et à mesure qu'elle me les désignait: Dufour et son harmonica, le notaire et la notairesse Latreille, Berthe du dépanneur avec son chapeau à fleur et sept autres amateurs des arts et des lettres.

J'allais filmer ma mère, lorsqu'on a sonné à la porte d'entrée. Je m'y suis précipité et j'ai ouvert sur le grand Haïtien et le petit Vietnamien. Longs manteaux, chapeaux, des cartes de mode.

— Ta mère est là? m'a demandé Thanh.

— Nous aimerions lui parler, a ajouté Prosper.

Je suis allé la chercher. À son arrivée, ils ont soulevé leur chapeau et se sont inclinés. Thanh a dit:

— Je me présente: Thanh Nguyen, du Far East Trust, de Hong-kong. M. Prosper Baptiste, qui m'accompagne, est mon chargé d'affaires pour l'Amérique du Nord.

Ma mère le regardait de la même façon qu'une jeune fille aurait pu contempler jadis sa première robe de bal. Thanh a poursuivi:

— Veuillez excuser notre intrusion à une heure si tardive, madame, mais on nous a dit que votre résidence abriterait ce soir la fine fleur de la colonie artistique et intellectuelle d'Oka. Or, bien qu'étant ici pour affaires, nous n'en sommes pas moins désireux de rapporter dans nos contrées lointaines des souvenirs autres que strictement professionnels. Aussi, osons-nous vous demander de bien vouloir nous permettre d'assister à votre réunion. Mais peut-être y traiterez vous de choses confidentielles qui ne sauraient intéresser des oreilles étrangères. Dans ce cas, nous comprendrions que...

Ma mère s'est empressée de les

rassurer. Elle était tellement ravie qu'elle a failli trébucher dans l'escalier qui mène à notre sous-sol. Nous sommes entrés dans la salle.

— Monsieur Prosper!

— Madame Berthe!

Et les voilà courant chacun à sa manière à la rencontre de l'autre. Berthe a saisi la grosse patte du jeune «chargé d'affaires» entre ses menottes et s'est tournée vers nous. Ce faisant, la fleur de son chapeau a chatouillé le menton de Prosper qui a souri de toutes ses dents.

— Laissez-moi vous présenter M. Prosper Baptiste, de...

— Du Far East Trust de Hong-kong, lui a soufflé Thanh.

— C'est ça. M. Prosper est très drôle, vous verrez. Vous allez nous faire rire, n'est-ce pas, M. Prosper?

— Ah! mais c'est que je ne voudrais pas attenter au sérieux de votre réunion.

Berthe lui a donné un coup de coude dans les côtes.

— Voyons donc!

Sur un ton plus solennel, ma mère a présenté à tour de rôle ses invités au «promoteur» et à son «chargé d'affaires».

— On m'a appris que vous faisiez aussi dans l'immobilier, monsieur Dufour, a dit Prosper en lui tendant la main.

— Oh! mais à une échelle bien plus modeste que la vôtre, lui a répondu notre voisin, visiblement impressionné.

— Nous sommes venus nous abreuver aux sources mêmes de votre culture, a annoncé Thanh, après que ma mère eût terminé les présentations.

— Malheureusement, celle-ci s'en va à vau-l'eau, a avancé le notaire, avant de sortir la circulaire de sa poche de chemise.

Son geste a provoqué une longue diatribe de Dufour.

— ... Des jeunes ignorants qui jouent aux écologistes. Je ne serais pas surpris qu'ils s'attaquent aussi à votre projet, a-t-il ajouté en s'adressant à Thanh.

— Ils l'ont déjà démoli, a rétorqué celui-ci. Cette circulaire que votre honorable notaire vient à l'instant de brandir sous des nez étrangers qui n'en sont pas moins compréhensifs pour autant, cette circulaire donc, malgré ses fautes abominables, nous a permis d'y voir plus clair. Il n'est plus question que nous cherchions à mettre la main sur l'érablière. Nous planifions à long terme, vous savez. Pourquoi nous mettre à dos la jeune génération?

J'ai regardé Dufour; il était abasourdi.

— Je croyais que vous étiez intéressés par les lots en bordure de la 640, est intervenue ma mère.

— Ah! mais c'est qu'il nous fallait camoufler nos opérations liées à l'érablière, a répliqué Prosper. J'espère que Mme Berthe m'excusera d'avoir abusé de sa confiance, mais, comme dirait mon oncle Mobuto: «Qui veut gagner le gros lot doit parfois parler faux.»

— M. Prosper, vous êtes un petit sacripant.

Le petit sacripant s'est levé et, un grand sourire aux lèvres, a incliné devant Berthe son mètre supérieur.

— Avez-vous d'autres projets? a demandé Dufour.

Les deux promoteurs n'ont pas répondu et ont échangé un regard chargé de mystère. Quant à celui que Dufour m'a lancé, il était plutôt dubitatif.

Durant cet échange silencieux, ma mère avait distribué l'ordre du jour de la soirée qui s'est déroulée tel que prévu. On a parlé de poésie, du dernier roman d'Anne Hébert, le notaire a chanté *Plaisir d'amour* et ma mère *Die Männer sind méchants*, et Dufour m'a surpris en jouant sur son harmonica un *Vive la Canadienne* avec des accords qui rappelaient l'arrangement fait par Gustav Svoboda dans la *Sonate d'Oka*. L'animal était plus fin artiste que je l'avais cru.

Tout le long de la soirée, Prosper a été très drôle. Thanh, pour sa part, écoutait attentivement, éperdu d'admiration pour notre culture. Quant à moi, je filmais.

Autour de dix heures, une très forte détonation s'est fait entendre et la maison a tremblé. Peu de temps après, le téléphone sonnait. C'était Marilou.

— La pelle mécanique vient de sauter, m'a-t-elle annoncé.

VII
STRATÉGIE

Lorsque je suis arrivé sur les lieux du drame, tôt le samedi matin, la pelle mécanique gisait sur le côté. Plusieurs personnes l'entouraient, dont Thanh. Ce dernier semblait absorbé par la neige verglacée qui couvrait le sol. Je suis allé le retrouver.

— Ah! c'est toi. As-tu vu? C'est plein de traces, maintenant.

Il avait dit cela à voix basse, sans me regarder, car Dufour n'était pas loin.

— Il y a plein de monde autour de la pelle! ai-je remarqué en sourdine.

— C'est vrai, mais les traces ne sont pas toutes pareilles.

J'ai haussé les épaules et, l'abandonnant à sa contemplation des pistes innombrables et diverses, je me suis dirigé vers la maison des Pronovost. Autant il m'avait impressionné la veille en déstabilisant Dufour, autant m'agaçait-il maintenant avec ses allures d'Hercule Poirot en herbe.

Marilou m'avait certainement vu approcher par la fenêtre, car, à peine avais-je déposé un pied sur le perron qu'elle a ouvert.

— Les vitres de mon kiosque sont en miettes. M. Bigras est à l'hôpital. Fracture du crâne. On lui fait un scanner ce matin. C'est John le coupable.

— On l'a vu?

— Oui. Il a traversé l'allée des Bigras au pas de course un peu avant l'explosion. M. Bigras a entendu du bruit et est sorti malheureusement juste à temps pour recevoir un morceau de chenille dans le front. Papa est sorti aussi, après l'explosion. Il a aperçu John qui courait sur la 344.

— L'a-t-on arrêté?

— Pas encore. Son père a appelé papa tout à l'heure. John affirme que ce n'est pas lui. Il faisait du jogging, prétend-il.

Sur ces entrefaites, M. Pronovost est entré dans la cuisine.

— On vient de l'arrêter. On a trouvé de la dynamite chez lui.

Je suis resté encore un peu avec Marilou, mais nous n'avons pas échangé un seul mot. Elle ne m'a même pas proposé une séance de violoncelle, ce qui est tout dire.

* * *

La troisième semaine de novembre a vu le triomphe de Dufour et la déconfiture du Comité pour la défense de l'érablière.

La réunion d'information sur le projet des Tours avait attiré un si grand nombre de citoyens que, la salle du Conseil ne pouvant les accueillir tous, il avait fallu en tenir une autre le lendemain. Condition d'agent double oblige, j'ai assisté à la première rencontre pendant laquelle Dufour, maints graphiques à l'appui, a proclamé devant un auditoire convaincu à l'avance que le développement économique, social et culturel d'Oka et des environs passait par son projet. Il a été longuement applaudi.

Tant dans le village que dans la paroisse, les affiches martelant OUI! OUI! OUI! se multipliaient.

Même les agissements des fameux «promoteurs» semblaient favoriser la réussite de Dufour. La fièvre du gain facile s'était emparée de notre village. Des rumeurs circulaient: les Japonais arrivaient, des Allemands reluquaient du côté de la vieille mine de colombium, des Français de Normandie voulaient transformer nos pommes en calvados. Certains même prétendaient que la banque du Vatican lorgnait notre fameux fromage.

La valeur des maisons était à la hausse, ce qui ne s'était pas vu depuis longtemps.

Tout ce remue-ménage ne valait-il pas le sacrifice d'une petite érablière?

D'autant plus que la culture y gagnerait aussi, avec l'apparition de la bibliothèque. À ce sujet, lors de la deuxième rencontre des Troubadours d'Oka, le notaire Latreille avait déclaré: «Entre Proust et du sirop, je choisirai toujours Proust.» Ma mère était du même avis, bien qu'elle ne pût l'exprimer en des termes aussi recherchés.

Le Comité pour la défense de l'érablière n'existait plus que de nom, les représentantes des deuxième, troisième et quatrième secondaires ayant remis leur démission. Quant au petit «bollé», il s'était évanoui dans la nature. Peut-être s'était-il suicidé?

Des boîtes remplies d'épinglettes dormaient dans le garage des Pronovost. Comment les écouler après l'incident de la circulaire et le drame de la pelle? Les affrontements entre l'armée et les Mohawks avaient dégoûté pour longtemps les habitants d'Oka de toute forme de violence. Le sabotage de la pelle nuisait grandement à la cause des défenseurs de l'érablière.

Cependant, deux bonnes nouvelles ont éclairé un peu la sombre et dernière semaine de novembre: M. Bigras a pu quitter l'hôpital avec l'assurance que le traumatisme subi ne laisserait aucune séquelle et John a été libéré en attendant son procès. Cependant, on ne l'a pas revu à la poly. J'ai tenté de le joindre au téléphone, mais il a refusé de me parler.

Je n'en ai pas moins continué à

jouer mon rôle d'agent double auprès de Dufour, mais sans enthousiasme. J'ai toutefois réussi à lui soutirer une somme additionnelle, que j'ai versée au fonds de défense de l'érablière. Je n'avais pas perdu tout espoir.

C'était un vendredi soir.

La troisième rencontre des Troubadours d'Oka s'était tenue chez Dufour et venait de se terminer. Nous étions seuls, lui et moi. Ma mère m'ayant à nouveau demandé de filmer la rencontre, j'allais partir avec mon matériel vidéo, lorsqu'il m'a retenu.

— J'ai à te causer.

— Moi aussi, j'ai à vous parler.

— Commence.

— Vous me devez cent dollars.

— Pourquoi?

— Je peux maintenant vous assurer que Pronovost ne vendra pas son verger aux promoteurs du Far East Trust. Marilou me l'a affirmé.

Ils ont voulu vivre chez l'habitant plutôt qu'à l'hôtel pour mieux étudier notre mentalité. Ils paient pension. J'ai vu la facture; elle est salée.

Dufour était songeur.

— C'est donc pour ça qu'ils s'intéressent tant à notre culture. Le petit Chinois était encore là, ce soir. Combien?

— Combien quoi?

— La facture pour la pension.

— Je ne vous le dirai pas; ce n'est pas dans notre contrat. Le Chinois, c'est un Vietnamien, même s'il est de Hong-kong. Vous me devez cent dollars.

Il a grimacé et me les a remis.

— Sais-tu ce qu'ils mijotent?

— J'en ai une petite idée, mais je dois effectuer quelques vérifications pour en être sûr. Je ne crois pas qu'ils aient abandonné l'idée de faire *dézoner* l'érablière.

— C'est pourtant ce qu'ils nous ont dit, l'autre soir.

— C'était pour brouiller les pistes. Ils ont autre chose en tête.

— Quoi?

— Je dois m'en assurer avant de vous le dévoiler. Cent dollars maintenant et cent autres lorsque je vous aurai rapporté la réponse.

Il m'a tendu deux billets de cinquante dollars. Au moment de le quitter, j'ai eu une inspiration: «L'époque est à la privatisation, lui ai-je dit. Et si on se mettait à privatiser la culture sur une grande échelle? Pensez-y, monsieur Dufour.»

Ces propos qui, au fond, ne voulaient rien dire l'ont inquiété. Il a levé vers le ciel des yeux qui semblaient percevoir un début de vérité. Je l'ai laissé à ses réflexions et suis sorti.

J'étais si fier de moi que je ne me suis pas méfié de Tonnerre. L'animal a bien failli me mordre.

* * *

Plus je gavais Dufour d'informations vraies ou fausses, plus se compliquait mon travail d'agent double. Le moment était venu de coordonner mes actions avec celles des deux détectives et d'intégrer les efforts de tous dans une stratégie globale pour la défense de l'érablière.

Bref, l'heure de la consultation avait sonné.

J'en ai avisé Marilou qui nous a convoqués à une réunion dans son kiosque, à 19 h, le premier lundi de décembre. Thanh étant à Montréal pour affaires personnelles, Prosper représentait le tandem des détectives.

Marilou a ouvert la réunion par une question fort pertinente: «Qu'allons-nous faire maintenant?» J'ai enchaîné avec une autre non moins appropriée: «Y a-t-il quelque chose à faire?»

Pendant plusieurs minutes, personne n'a pipé. Dehors, la lune éclairait le sol verglacé entre les pommiers. Il n'avait pas neigé depuis la tempête de verglas et le froid s'était maintenu.

Une unique veilleuse éclairait le kiosque tandis que nous nous creusions les méninges.

Dans ce clair-obscur habité de silence, nous tentions de redonner un nouveau souffle à nos projets.

L'instant, il faut bien l'admettre, était plutôt pesant.

— Comme dirait mon oncle Mobuto: «Sers-toi de ton ciboulot et tu trouveras, mon coco.» Mes vieux, notre stratégie doit comprendre trois volets. Cela saute aux yeux.

Prosper s'est levé et nous a fait part de sa thèse. Le silence était définitivement rompu.

— Nous avons réussi à déstabiliser Dufour; il faut le maintenir dans cet état. C'est le premier volet. Notre bonhomme n'entreprendra aucune action décisive tant qu'il ne saura pas avec certitude ce que trament les promoteurs du Far East Trust. Il les prend pour des dieux tout-puissants et il les craint.

Prosper a mis la main sur mon épaule et a poursuivi:

— À l'agent double de persévérer dans son excellent travail. Grâce à toi, Dufour s'interroge sur les liens entre les représentants du Far East Trust et une éventuelle et mystérieuse privatisation de la culture, c'est une excellente initiative. Conforte-le dans cette idée, mon vieux. Quant à moi, je me promènerai dans le village les prochains jours et m'intéresserai beaucoup à l'histoire et aux coutumes des Mohawks.

Il a regardé dehors quelques secondes, puis il a repris son exposé.

— Pourquoi le Far East Trust, grâce à ses énormes capitaux, n'érigerait-il pas un centre d'études amérindiennes? Après tout, les

Amérindiens sont originaires d'Asie.

— Je vais semer cette idée dans l'esprit de Dufour, ai-je dit.

— Si tu utilises ton habileté habituelle, il va y croire dur comme fer.

Je commençais à me rendre compte de la pertinence du jugement de Prosper. Marilou, quant à elle, l'écoutait avec attention, les yeux remplis de respect. Lui avait-elle déjà pardonné ses propos taquins? Le grand Noir s'est tourné vers elle.

— Ma vieille, ce que je vais te demander d'accomplir est difficile. Peux-tu encore compter sur l'aide de quelques élèves?

— Une dizaine, tout au plus.

— C'est suffisant. Il ne faut pas laisser Dufour occuper tout le terrain. Vendez vos épinglettes, réunissez-vous, faites du bruit. On se moquera de vous, mais vous prouverez ainsi qu'il existe toujours

une opposition au projet des Tours.
Ça va?

Marilou a accepté en inclinant la tête.

— Reste le troisième volet, le plus ardu et le plus important. Comment tourner le sabotage de la pelle à notre avantage?

— C'est impossible, ai-je déclaré.

— C'est possible si l'on démasque le coupable qui, j'en suis certain, n'est pas étranger au projet du Verger charmant.

— Le coupable, on le connaît, a dit Marilou. C'est John Gaudreau, un des défenseurs de l'érablière.

— John est blanc comme neige.

— Il a été vu près de la pelle un peu avant l'explosion et on a trouvé de la dynamite chez lui, ai-je souligné.

— On l'a vu dans l'allée des Bigras quelques secondes avant la déflagration, soit! Mais, nous savons à l'heure qu'il est que c'est une minuterie installée probablement bien avant le grand boum qui a tout déclenché.

— Comment l'avez-vous su? a demandé Marilou.

— Ah! mais c'est que nous ne passons pas notre temps à nous tourner les pouces, ma vieille; ni à nous régaler de l'excellente cuisine de ta mère. Nous avons mené notre petite enquête. Thanh a trouvé une pièce de la machine infernale près de ton kiosque, Elle a été projetée par la force de l'explosion. Il la soumet actuellement à l'analyse d'experts.

— Et la dynamite? ai-je demandé.

— John l'a dérobée dans la vieille mine de colombium alors qu'il n'avait que dix ans. Il ne se rappelait même plus où il l'avait cachée. Je l'ai interrogé samedi dernier. Croyez-moi, il est innocent.

Prosper a martelé la table de son poing en répétant «innocent». Puis, il a poursuivi:

— Lorsqu'il examinait la pelle, des doutes par rapport à la culpabilité de John sont venus à l'esprit de mon collègue. Trop de pièces étaient défectueuses. L'engin n'aurait pu fonctionner sans réparations majeures. Alors, pourquoi l'avoir amené à cet endroit si on ne pouvait s'en servir? Pour le saboter, bien sûr; et ainsi ternir la réputation d'un ou de plusieurs défenseurs de l'érablière. Car à qui le crime profite-t-il? se demande-t-on toujours en l'occurrence. Mes vieux, il y a du mystère là-dessous. Nous allons creuser jusqu'à ce que triomphe la vérité.

Après ce discours, Prosper nous a souhaité bonne nuit et nous a quittés. Marilou m'a joué la *Sonate d'Oka* et je suis retourné chez moi, un brin rasséréné.

VIII
COGITATION

À mon réveil, le lendemain de notre réunion de stratégie, je me sentais beaucoup moins optimiste. Je voulais bien, comme Prosper, croire à l'innocence de John, mais les faits continuaient d'accabler mon ami. Qui était près des lieux lors de l'explosion? Chez qui avait-on trouvé des explosifs? Qui donc, à maintes reprises, avait proféré en public des menaces de violence? Et pouvais-je passer outre aux propos de John lors de notre excursion dans le bois du Calvaire? «Il suffirait de quelques bâtons de dynamite», m'avait-il confié.

Mais je connaissais bien le jeune Mohawk: un gars tout d'une pièce, incapable de mentir. «S'il se proclame innocent, me disais-je sur le chemin de l'école, c'est qu'il l'est.»

Tout en marchant, je réfléchissais.

John était innocent. Mais pour le démontrer devant la justice, non seulement il fallait trouver un coupable, mais aussi avancer des preuves solides contre ce dernier.

Il ne m'était pas difficile de mettre un nom sur le criminel.

Je n'avais aucune peine à imaginer Dufour manigancer le sabotage de la pelle et le mener à terme. Je connaissais l'homme depuis des années; les scrupules ne l'étouffaient pas. Évidemment, il n'avait pas prévu que le jeune Mohawk joggerait aux alentours de la pelle au moment de l'explosion, ni que ce soir-là, M. Bigras sortirait sur son perron arrière, par un froid polaire, pour recevoir un morceau d'acier en pleine figure.

Il avait dû penser:

«J'apporte une vieille pelle inutilisable près de l'érablière, je la laisse pourrir là jusqu'à ce que des petits écologistes à la manque s'emportent devant des tiers, puis je la fais sauter. Je me sers d'une minuterie, car j'ai besoin d'un alibi. Faute de preuve, on ne pourra accuser personne en particulier, mais les défenseurs de l'érablière seront discrédités.»

Voilà ce que Dufour avait planifié.

Mais il n'avait pas prévu la blessure de M. Bigras, ni d'ailleurs l'intérêt que de faux promoteurs porteraient à une pièce d'horlogerie trouvée sur le terrain d'un voisin.

Thanh pourrait-il découvrir quelque preuve en examinant cette pièce? J'en doutais fort. Dufour était rusé. Il n'aura pas laissé d'empreintes. Et comme on ne l'avait pas vu près de la pelle avant l'explosion, comment lui imputer ce crime? Ce raisonnement tenait même dans l'hypothèse où Dufour aurait payé quelqu'un d'autre pour commettre le forfait à sa place.

Une chose cependant était sûre. La bombe et la minuterie n'avaient pu être installées avant la fin de l'après-midi du jour même de l'explosion. Marilou et moi avons quitté la polyvalente à 16 h et, à notre arrivée chez les Pronovost, la neige était vierge de toute trace, comme me l'avait fait si bien remarquer le petit Vietnamien.

Il était certain que personne ne s'était approché de la pelle avant disons 16 h 30.

Le coupable avait donc commis son méfait après 16 h 30, ce jour-là précisément.

En supposant que Dufour soit l'auteur du crime, il aurait forcément réglé la machine infernale avant 18 h 45. J'avais quitté le kiosque à 18 h 30, il m'avait fallu à peu près une demi-heure pour me rendre chez moi. Or, vers 19 h, Dufour se trouvait chez moi. J'en ai déduit qu'il avait quitté les lieux de son forfait pas plus tard que 18 h 45, car même en camionnette, la distance qui sépare la résidence des Pronovost et la mienne ne peut se parcourir en un clin d'œil.

Parvenu au pied de l'escalier principal de l'école, mes réflexions m'avaient amené à quelques conclusions:

- John Gaudreau était innocent;
- Dufour était probablement coupable;
- dans cette hypothèse, le crime avait été commis entre 16 h 30 et 18 h 45, ou entre 16 h 30 et 22 h — heure de l'explosion — au cas où quelqu'un à la solde de Dufour aurait commis le délit;
- on ne retrouverait probablement pas d'empreintes sur la pièce d'horlogerie;

- les traces que le coupable avait inévitablement laissées dans la neige s'étaient confondues avec celles des voisins accourus après l'explosion et, si le coupable était Dufour, ses traces s'étaient mélangées avec les autres, puisqu'il était là, lui aussi, le lendemain, parmi les curieux entourant la pelle;
- Il ne serait donc pas possible d'incriminer Dufour, ni quelqu'un d'autre que John, une tierce personne pouvant fort bien être un complice à la solde de Dufour.

Mon ami John n'était pas sorti du bois.

Mais il est retourné à l'école, comme j'ai pu m'en rendre compte dès mon arrivée en classe. Il m'a vu entrer, mais a fait comme si de rien n'était.

J'ai subi stoïquement le prof de

maths et me suis précipité dans le corridor dès la fin des cours. John est sorti à son tour et je lui ai bloqué le passage.

— J'ai à te parler.

— Laisse-moi passer.

— Je suis arrivé le premier.

Son visage s'est détendu et il a souri.

— Je ne suis pas coupable.

— Nous sommes plusieurs à partager cet avis. Que dirais-tu d'une petite sortie, ce soir, au marécage? J'apporterai deux fanaux. Le temps est idéal, froid et sec.

Il m'a regardé, a hésité un moment...

— D'accord. J'en apporterai deux également, ainsi que douze lampions.

— J'en aurai douze aussi. À vingt heures?

— À vingt heures.

Nous nous sommes quittés et j'ai attendu Marilou dans le grand escalier. En la raccompagnant chez elle, je lui ai proposé de l'aider à écouler ses épinglettes.

— Mais tu vas te trahir auprès de Dufour!

— Tu oublies que je suis un agent double.

* * *

Ayant laissé Marilou chez elle, je joggais vers le village, lorsque la camionnette de Dufour s'est arrêtée à ma hauteur.

— Monte!

J'ai accepté de bonne grâce, car le vent était aussi coupant que l'acier d'une lame de chevalier.

— Tu avais raison: ils fomentent quelque chose ayant un rapport avec la culture. Le dénommé Prosper Baptiste a rencontré des gens de la mairie. Il est aussi allé au monastère. Il a posé des tas de questions sur les coutumes autochtones. Même qu'il veut acheter des wampums et des calumets de paix «à la douzaine, a-t-il précisé, pourvu qu'ils soient authentiques». Encore une partie de notre patrimoine qui va foutre le camp.

— Vous vous trompez.

Il a quitté un instant la route des yeux et m'a lancé un regard agressif.

— Je suis sûr de ce que j'avance.

— Vous vous trompez sur leurs intentions. Wampums et calumets serviront à décorer le centre.

— Le centre? Quel centre?

— Cent dollars.

— Je ne les ai pas sur moi.

— J'accepte les chèques.

Dufour a promis de m'en libeller un le soir même et, en échange, je lui ai révélé le grand secret:

— Le Far East Trust veut construire un centre d'études amérindiennes. Le petit Vietnamien est à Montréal actuellement. Il cherche à obtenir pour son centre le statut de faculté rattachée à l'Université du Québec. Vous vous rendez compte! Oka deviendrait ainsi une cité universitaire. Ne le dites à personne, sinon ils se méfieront et il me sera impossible d'obtenir d'autres renseignements.

— La tombe.

Nous sommes arrivés chez lui. Il s'est garé dans son allée et je l'ai laissé sur ces mots:

— Au fait, ne vous étonnez pas si, ces jours-ci, vous me voyez vendre des épinglettes pour le compte du Comité de défense de l'érablière. Un bon espion immobilier doit se doter d'une bonne couverture. N'oubliez pas mon chèque.

Et je lui ai fait un clin d'œil qu'il m'a rendu.

* * *

Celui qui, par une belle journée de printemps, chemine sur la piste cyclable entre le village et les bâtiments d'accueil du parc Paul-Sauvé assiste à un concert particulier et remarquable.

À cet endroit et à cette période de l'année, le lac des Deux-Montagnes s'étend bien au-delà de ses limites habituelles et mêle ses eaux à celles de la fonte. Un vaste boisé se trouve ainsi inondé. Un paradis pour les oiseaux migrateurs de toutes sortes et pour les autres habitants des marais. Et comme tout ce petit monde fête le retour du beau temps, il en résulte une clameur continue qui fait vibrer l'air.

Les chaleurs estivales ont vite fait d'assécher les terres inondées. Cependant, à un endroit bien précis, assez étendu tout de même, règne en permanence le marécage baignant les troncs des arbres morts.

L'hiver, lorsqu'il a peu neigé, il est possible d'y patiner.

Ce soir-là, j'avais chaussé mes

skis et je glissais sur la surface enneigée de la piste cyclable en direction du marécage gelé. Dans mon sac à dos: mes patins, deux fanaux et douze lampions.

À mon arrivée, John était là. Il avait commencé à baliser l'aire de patinage. J'ai ajouté mes fanaux aux siens. Ainsi, un rectangle d'environ cent mètres sur quarante a été délimité.

Restait à placer les lampions près des pierres et des chicots qui perçaient la glace.

Pour ce travail, nous en avons utilisés dix-huit. Nous avons déposé les six autres çà et là pour la symétrie et la joliesse.

Ensuite, par un froid vif, sans que le moindre souffle de vent ne nous atteigne néanmoins, nous avons patiné entre les troncs noirs et les petites flammes, sous un chapiteau d'étoiles.

Féérique.

Une heure plus tard, un tronc abattu accueillait des postérieurs fort aises de se déposer.

John, qui selon son habitude s'était occupé des vivres, a sorti de son sac des sandwichs au jambon et un thermos de chocolat chaud.

Nous avons festoyé en silence.

— Il ne faut pas te laisser faire, ai-je commencé, après avoir ingurgité ma dernière goutte de chocolat.

— Ne crains rien. J'ai le désir de me battre. Prosper va m'aider. Il est venu souper à la maison, hier. C'est M. Pronovost qui a incité papa à l'inviter.

— Il est beaucoup plus sérieux qu'on pourrait le croire au premier abord.

— M. Pronovost?

— Non, Prosper.

Nous avons enlevé nos patins et ramassé fanaux et lampions.

— Je sécherai l'école demain, m'a prévenu John avant de me quitter.

Prosper a insisté pour que je m'affiche avec lui au moins toute une journée et il n'était pas libre en fin de semaine.

J'ai repris le chemin de la maison en utilisant le pas de patin presque tout le long du parcours, tellement j'étais heureux que John ne se laissât pas abattre. Je lui avais proposé cette séance de patinage dans le but de remonter un moral qui n'était pas aussi bas que je l'avais craint.

Rendu à la maison, j'ai rangé mes skis dans l'annexe et suis entré le souffle court, me plaignant de ma grande fatigue.

— Repose-toi bien, car je devrai de nouveau faire appel à tes services vendredi soir pour filmer la prochaine rencontre des Troubadours, a annoncé ma mère. Elle aura lieu chez le notaire Latreille.

— Encore!

— C'est spécial. Nous aurons un

invité de marque: un grand compositeur. Il vient de Tchécoslovaquie.

— Ce bon vieux Gustav Svoboda! ai-je lancé en grimpant les marches quatre à quatre vers ma chambre.

— Tu le connais!

La laissant à son ahurissement, j'ai fermé la porte.

IX
BLA-BLA-BLA

— L'idée m'est venue je ne sais trop comment, m'a dit Marilou, et j'ai téléphoné sans attendre à M. Svoboda. Il a accepté sans se faire prier. C'est Prosper qui a appelé le notaire Latreille. J'écoutais sur l'autre appareil, dans ma chambre...

J'avais cueilli Marilou chez elle et nous cheminions vers la poly.

— ... Prosper a prétendu qu'il avait connu Gustav Svoboda à Prague, il y a deux ans, chez la comtesse... Janacek. Oui, c'est ça, Janacek.

— Le notaire devait être ravi.

— À qui le dis-tu! Il a failli

s'étouffer; je l'entendais tousser. Sais-tu ce que Prosper lui a dit ensuite?

Je l'ignorais, évidemment.

— ... Il a ajouté qu'il avait parlé au compositeur de sa magnifique interprétation de *Plaisir d'amour* et que M. Svoboda brûlait du désir de l'entendre.

— Ça va être drôle. Mais pourquoi lui avoir demandé de venir?

— Pour que les gens se posent des questions sur le projet des Tours. Prosper va amener la conversation sur le sujet et Gustav va en profiter pour formuler des objections contre cette idée.

— Depuis quand l'appelles-tu Gustav?

— Serais-tu jaloux? Fais-moi confiance, ça va marcher. Je parie que même ta mère va changer de camp.

— Comment est-il?

— Qui?

— Gustav.

— Mince, pâle, les cheveux frisés, l'air romantique, dans la trentaine avancée. Il ressemble à Franz Liszt.

— Tu as déjà vu Franz Liszt!

— Oui, dans un film. Tu m'invites?

— À voir un film?

— Non. À la prochaine rencontre des Troubadours d'Oka. Ça va être amusant.

Ce qui nous attendait par contre n'était pas drôle du tout: cours de français, de physique, de maths. Enfin, la journée a passé et nous avons survécu malgré tout.

Après les cours, j'ai frappé à la moitié des portes du village et j'ai vendu deux épinglettes. J'allais rentrer chez moi, lorsque j'ai décidé d'aller solliciter mon voisin. Je suis allé sonner chez lui. À peine avait-il ouvert que je lui épinglais un *pin* sur sa poche de chemise en tendant ma main libre.

— Vous me devez cinq dollars.

— Tu te moques de moi?

— Je n'oserais pas, monsieur. J'ai pensé qu'il serait bon que les gens sachent que vous pouvez faire preuve d'esprit sportif.

— Crois-tu que je devrais la porter?

— Ce serait mieux.

Il m'a remis l'argent et est resté un moment sur le seuil, la mine pensive. J'ai attendu qu'il sorte de sa méditation.

— Entre!

Je l'ai suivi.

En nous rendant dans sa cuisine, il m'a demandé si j'étais en bons termes avec John Gaudreau.

— C'est difficile à dire. Depuis l'été des barricades, on ne se parle pratiquement plus; mais on ne se chicane pas non plus.

— Essaie donc de devenir son ami.

J'ai eu une autre inspiration subite.

— L'auriez-vous vu avec l'agent d'affaires dans l'érablière?

— Non, à la quincaillerie. Le père de John était avec eux. Ils sont allés à l'érablière?

— Oui. M. Pronovost les accompagnait. Marilou m'a dit qu'ils mesuraient le terrain avec un galon.

— Ils ont dû l'acheter à la quincaillerie.

— Vous êtes perspicace, monsieur Dufour. Je vais tenter de renouer avec John, même si l'idée de fréquenter un criminel me répugne assez. Vous me récompenserez?

Il me l'a promis. De retour à la maison, je me suis empressé de téléphoner à Marilou, la priant d'informer Prosper et son père du rôle que je leur avais fait jouer.

— Si tu avais pu voir sa tête quand je lui ai laissé entendre que les zigotos s'intéressaient de nouveau à l'érablière! ai-je ajouté avant de raccrocher.

Ensuite, j'ai appelé John.

— Nous nous sommes bien amusés, m'a-t-il dit. Ça va placoter dans le village. Mon père nous accompagnait. Nous sommes même allés jusqu'à Sainte-Thérèse, aux bureaux d'Hydro-Québec, comme si nous devions réellement négocier un très gros contrat.

— Vous êtes aussi passés par l'érablière.

— Quoi?

Je lui ai conté ma conversation avec Dufour et il a bien ri.

* * *

Comme je demeure assez loin de l'école, j'ai l'habitude d'y prendre mon repas du midi. J'apporte un lunch que j'enfile à toute allure, aidé d'un coke craché par la distributrice. Les jours fastes, je m'offre un petit gâteau industriel, bien aseptisé, prélevé dans la machine d'à côté.

Vu qu'elle habite tout près, Marilou dîne toujours à la maison.

Ce jeudi midi, veille de la quatrième rencontre des Troubadours d'Oka, elle m'a invité à manger chez elle, j'ai jeté sans regret mon lunch dans la première poubelle rencontrée.

— Qu'est-ce qui me vaut l'honneur d'être ainsi convié?

— C'est Thanh qui a insisté auprès de maman. Il a besoin de témoins.

— Des témoins? Pourquoi?

— Tu verras bien.

J'ai dégusté l'excellent repas préparé par Mme Pronovost. J'ai gentiment taquiné Claudine, j'ai appris un tas de choses drôles sur l'oncle Mobuto et j'ai enfin su pourquoi on avait requis mes services.

Mais pour en savoir plus, il m'a fallu suivre Thanh jusqu'à la pelle mécanique, en compagnie de Marilou et de son père.

Le jeune détective tenait à la main un Polaroïd avec lequel il a pris une trentaine de clichés des traces laissées autour de la pelle par les curieux. Il a même photographié les siennes. Pour certaines photographies, il n'a pas hésité à se creuser une niche dans la neige pour s'y étendre à plat ventre afin d'obtenir «une vue rasante», comme il disait.

Après chaque prise que l'appareil rendait, un cérémonial long et compliqué se déroulait. Thanh attendait que le celluloïd soit parfaitement impressionné, puis il le contemplait un moment. Ensuite, il le retournait et inscrivait au verso: «Du verger Pronovost» ou «De l'allée des Bigras, côté nord» ou quelque chose de semblable. Pour finir, il regardait sa montre, inscrivait, toujours à l'endos de la photo, la date et l'heure à la seconde près et demandait à chacun d'apposer ses initiales sous les informations notées.

Le tout s'est déroulé en plein vent, par moins dix degrés, et a duré plus d'une heure.

Même en courant, il nous aurait été impossible de revenir à temps à la poly pour assister au premier cours. D'un commun accord, Marilou et moi avons donc décidé de le sécher et d'aller prendre un café au dépanneur de Berthe.

— Pourquoi a-t-il fait tout ce tralala? ai-je demandé à Marilou.

— C'est un professionnel. Il doit avoir de bonnes raisons.

Je n'ai pas répliqué, mais n'en pensais pas moins que Thanh était un sacré fumiste.

— Je m'étais trompée sur Prosper, il adore la musique.

— Quoi?

J'étais dans la lune, absorbé à me remémorer les fantaisies du petit Vietnamien.

— Prosper aime ma sonate! Il est venu à mon kiosque hier soir alors que je m'exerçais. Il me l'a fait jouer trois fois à la suite.

— Trois fois?

— Oui, trois fois.

J'aurais pu répliquer que Prosper se préparait tout simplement à un très long dodo, mais elle n'aurait pas apprécié. J'ai glissé en toute habileté:

— C'est ton interprétation qui le fascine. Trois fois! Et dire que moi, je ne l'ai entendue que deux fois.

— Ce soir, je dois conduire ma mère à son bingo. Si tu veux, je peux passer chez toi pour une troisième audition.

Après avoir accepté, je me suis replongé dans mes pensées, préoccupé à présent par les fantasmes du grand Haïtien.

Notre café ingurgité, nous sommes retournés à la poly. Lorsque j'en suis sorti, un peu avant quatre heures, le soleil se couchait derrière une frange d'effiloches orangées. Le crépuscule colorait la neige des champs d'un jaune des plus inquiétants.

* * *

Le même jour, vers 18 h, Prosper m'a appelé. Il voulait visionner la vidéo que j'avais tournée lors de la première rencontre des Troubadours d'Oka.

— Mme Berthe l'a vue. Il paraît que Thanh et moi y figurons à notre avantage, mon vieux. Nous aimerions nous contempler un peu. Comme dirait mon oncle Mobuto: «T'admirer n'est pas sot, si ton minois est beau.»

Je la lui ai apportée et, au retour, j'ai fait une petite escale chez Berthe pour m'offrir un chocolat chaud.

Au moment où je suis arrivé, le dépanneur débordait de clients et ça discutait fort. J'ai reconnu la voix de

M. Duranleau qui planait au-dessus du chahut ambiant.

— C'est ma fille qui les a reçus. Elle travaille au service à la clientèle d'Hydro-Québec. Le grand Noir lui a dit qu'ils venaient négocier un important contrat d'approvisionnement en électricité. Le petit Vietnamien était là aussi; il fouinait partout. Elle les a refilés à son patron. Quand ils sont sortis, le grand Noir avait l'air fâché. Il roulait de gros yeux. Il a dit à ma fille: «Nous allons nous revoir, ma vieille, mais alors, nous serons en position de force.»

— Ils sont très forts, a ajouté quelqu'un que j'ai doté d'un mince gabarit, vu le ton de sa voix, et d'une courte taille, parce que ceux qui l'entouraient le cachaient à ma vue.

— Albert, mon voisin, les a aperçus aux bureaux de Gaz Métropolitain, a surenchéri Berthe.

— Ils veulent faire fléchir Hydro-Québec, a dit quelqu'un d'autre.

La petite voix flûtée du notaire Latreille m'est parvenue du rayon des magazines.

— Ils veulent ériger une longue cabane œcuménique.

— Une quoi? se sont exclamées plusieurs voix à la fois.

Et le notaire de leur expliquer qu'il avait appris — non, non, et non! il ne dévoilerait pas ses sources — qu'il avait appris donc que: «M. Gaudreau, son fils John ainsi que M. Prosper Baptiste, chargé d'affaires pour l'Amérique du Nord du Far East Trust de Hong-kong, un gentleman très cultivé et d'un goût sûr, avaient sollicité une audience auprès de l'abbé de La Trappe pour lui faire part de leur intention d'ériger dans la région un centre de prières en forme de *longue cabane* à l'usage de tous les croyants, quelle que soit leur religion. Pour ceux qui l'ignoreraient, je préciserai que le terme *longue cabane* désigne les grandes maisons communautaires qui, jadis, abritaient les bandes amérindiennes des nations iroquoiennes.»

La longue tirade du notaire n'avait pas calmé les esprits, loin de là. Chacun y allait à présent de son interprétation des projets du Far East Trust et de son estimation des sommes énormes qui seraient investies dans la région.

Il y avait tant de monde dans le dépanneur et le brouhaha était si intense que j'ai renoncé à me faire servir. Je suis donc sorti, ressentant un respect grandissant pour Prosper et ses dons d'agitateur populaire.

Dehors, le vent s'était levé et il neigeait. J'ai couru jusqu'à la maison afin d'y arriver avant que Marilou ne se pointe.

Elle s'est présentée à 20 h et j'ai eu droit à un concert dans les règles de l'art.

X
NEIGE

Le lendemain vendredi, dès mon lever, j'ai su qu'il n'y aurait pas de classe ce jour-là et que la quatrième rencontre des Troubadours d'Oka serait reportée.

Tout a commencé par des coups frappés à la porte de ma chambre.

— Viens voir!

C'était ma mère. J'ai passé en vitesse une robe de chambre et suis descendu la rejoindre devant la fenêtre du salon. On ne voyait rien en dehors du jour que trahissait une clarté blanchâtre.

— Il va falloir pelleter, a dit ma mère.

Rien à objecter. Et comme, depuis

la nuit des temps, le travail de déblaiement est le lot de l'homme, c'est moi qui ai forcément revêtu tuque, parka, etc. J'ai tenté de sortir par la porte avant.

Elle était bloquée. Celle donnant sur la cour l'était également.

«Qu'à cela ne tienne, me suis-je dit vaillamment. Le blanc manteau saura bien m'accueillir en douceur.» Je suis monté dans ma chambre, j'ai ouvert la fenêtre donnant sur la face de Dufour invisible ce matin-là et j'ai sauté à pieds joints dans l'aventure. Ma mère s'est empressée de refermer derrière moi sans paraître se soucier le moins du monde de mon sort.

Habitée par les hurlements de la tempête, une nuit blanche m'enveloppait. La neige tombait mur à mur.

Les pelles se trouvaient dans la cabane à jardin. Au jugé, j'ai tourné mon corps vers son emplacement supposé et j'ai rampé dans cette direction. Lorsque je l'ai finalement atteinte, j'étais encore en vie.

Mais comment y pénétrer? La porte ouvrait sur l'extérieur.

J'ai réfléchi un moment, ce qui m'a permis de récupérer. Cependant, aucune idée digne d'intérêt n'ayant effleuré mon esprit, je me suis remis à ramper, en direction de la maison cette fois-ci. Je me suis retrouvé à mon point de départ, près de la porte d'entrée.

Comment faire pour l'ouvrir? La double porte donnait elle aussi sur l'extérieur.

J'ai appelé ma mère, mais ma voix s'est perdue dans les rafales hurlantes. Je m'étais dit: «Elle nouera des draps ensemble, elle attachera une extrémité de cette corde improvisée à mon lit et me lancera l'autre bout par la fenêtre. Jouant alors, mais à rebours, le rôle du prisonnier qui s'évade, je pourrai regagner chaleur et confort.»

Ainsi nous arrive-t-il parfois de rêver, mais en vain.

Enseveli jusqu'au cou, je suis resté longtemps à me désoler. Enfin, j'ai trouvé une solution. J'étais près d'une des fenêtres de l'entresol. Telle une taupe, j'ai foré un tunnel avec mes mains jusqu'à celle-ci. Puis, je suis revenu à reculons et suis redescendu les pieds en avant vers la double fenêtre dont j'ai brisé les vitres sans hésiter. Je me suis ensuite faufilé dans la maison.

Plusieurs épaisseurs d'un carton résistant ont remplacé illico le verre sacrifié pour ma sécurité.

Je suis monté au rez-de-chaussée, j'ai prévenu ma mère de la stérilité de mes efforts et j'ai pensé téléphoner à Marilou. La ligne, comme de raison, était en dérangement.

Je me suis rabattu sur la télé; comme c'était à prévoir, il y avait une panne d'électricité. Il ne nous restait plus qu'à nous réfugier à l'entresol où j'ai allumé le foyer.

À l'exemple de ma mère, j'ai pris un livre au hasard dans la bibliothèque. Je suis tombé sur *Croc-Blanc* de Jack London.

À peine avais-je commencé à lire que j'ai frissonné.

Je me suis rapproché du feu et j'ai lu ainsi jusqu'au soir, jusqu'à ce que mes yeux effleurent la dernière ligne de la dernière page. Ça ne m'était jamais arrivé auparavant.

Vers huit heures du soir, le téléphone nous a signalé sa guérison. Je suis monté répondre. Le courant aussi était rétabli.

— As-tu vu?

C'était Marilou.

— J'ai plutôt lu.

— Je n'ai jamais vu autant de neige.

— Je n'ai jamais tant lu.

— Arrête de blaguer. Thanh et Prosper veulent skier demain.

J'aimerais les accompagner, mais à condition que tu viennes.

Dites-moi, honnêtement, pouvais-je refuser? En avais-je d'ailleurs le goût? J'ai promis de me pointer chez les Pronovost autour de dix heures.

— Viens plus tôt. Tu déjeuneras avec nous. Il y aura des crêpes.

On s'est entendu pour huit heures et j'ai passé l'appareil à ma mère qui attendait son tour avec impatience.

Elle n'en a usé qu'un court moment.

— M. Dufour va lancer une pelle par-dessus la clôture. Tu vas pouvoir déblayer l'entrée.

J'ai endossé mon parka, je suis monté dans ma chambre, j'ai ouvert la fenêtre, etc., et j'ai pelleté sous la voûte étoilée jusqu'à près de minuit.

Énergique!

* * *

Comme cela arrive souvent après une tempête de neige, le temps s'était adouci et le soleil brillait.

Nous avions bouffé une impressionnante quantité de crêpes. Pour l'heure, nous cheminions à la queue leu leu, nous relayant pour tracer la piste, lorsque l'étang de La Sauvagine nous est apparu. Comme nous avions une vingtaine de kilomètres dans les jambes, nous avons décidé de faire halte un moment. Nous avons planté nos bâtons dans la neige et passé nos skis dans les dragonnes.

Étendus sur nos skis, nous avons bu du soleil... et je me suis endormi. La voix de Thanh m'a réveillé.

— Les tests n'ont rien donné. Impossible de relier la pièce d'horlogerie à un quelconque coupable. Aucune empreinte.

La deuxième mauvaise nouvelle a été annoncée par Prosper.

— Ah! mais c'est que l'animal est

rusé. Il n'y a rien de vraiment compromettant dans son passé, ni en ce qui a trait au Verger charmant d'ailleurs. Juste quelques petits détails qui frisent l'illégalité: des compagnies à numéros, quelques faillites quasi frauduleuses, des démêlés avec le fisc. Vous voyez ce que je veux dire.

Je voyais, en effet.

Je voyais que les deux détectives, malgré leurs simagrées et leurs facéties, n'avaient finalement pas servi à grand-chose et que, M. Pronovost n'étant pas millionnaire, ils devraient nous quitter bientôt, nous laissant gros Jean comme devant.

Je voyais que ce départ entraînerait nécessairement celui des soi-disant promoteurs du Far East Trust et que la fièvre soulevée par leurs projets grandioses chuterait encore plus vite qu'elle n'était montée.

Je voyais que les citoyens d'Oka,

même ceux qui, au départ, étaient hostiles au projet de Dufour, seraient alors bien heureux de se rabattre sur une idée plus réaliste, après avoir rêvé de châteaux en Espagne.

Je voyais John Gaudreau se débattre dans les affres d'un procès en cour criminelle.

Je voyais que je m'étais bien amusé aux dépens d'un Dufour qui, en fin de compte, allait gagner sur toute la ligne.

Je voyais une érablière se transformer en une forêt de tours de béton, dès l'été suivant.

Ce que je ne voyais pas, c'était comment empêcher tout ça.

— Nous n'avons pas dit notre dernier mot.

Ces fières paroles émanaient de la bouche de Thanh. J'étais écœuré. Je me suis levé et j'ai chaussé mes skis.

— Tu as l'air fâché, m'a dit Marilou.

— Je suis fatigué. Si ça ne t'ennuie pas, je vais retourner directement à la maison. J'ai encore cinq kilomètres à parcourir. J'ai pelleté toute la soirée, hier.

Visiblement déçue, elle m'a tout de même souhaité bonne route.

* * *

«Ainsi ce petit détective à la manque n'a pas dit son dernier mot.» Je ricanais en moi-même.

Je peinais dans un mètre de neige. Épuisé, je n'étais pas d'humeur à voir la vie en rose. «Comment Thanh ne comprend-il pas que la situation est désespérée? Pour la redresser, il faudrait qu'une enquête approfondie soit menée sur les agissements passés et présents de Dufour par des professionnels, cette fois-ci. Et nous n'avons ni l'argent ni le temps. Encore quelques jours et les dés seront joués.»

J'ai enfin croisé la piste que

j'avais tracée le matin même pour me rendre chez Marilou et j'ai pu reprendre le pas qui m'est naturel. Je n'en pensais pas moins et mes pensées demeuraient sombres. Je ne voyais pas d'issue.

Tout à mes réflexions, j'ai parcouru cinq kilomètres sans trop m'en rendre compte. J'ai rangé mes skis et suis entré chez moi. Avant même que j'aie refermé la porte, ma mère m'a annoncé une nouvelle qui a achevé de me mettre K.O.

— M. Dufour est venu ce soir. Il sautait presque de joie. Figure-toi qu'il a obtenu l'aval d'un ministre pour son projet. L'érablière pourra être *dézonée* afin d'y construire des condos si les citoyens d'Oka ne s'y opposent pas. Un référendum aura lieu après les Fêtes.

Nous étions cuits.

XI
DÉCONFITURE

— Papa s'est débarrassé des détectives. Ils sont partis hier soir.

— Il était temps.

— Pourquoi dis-tu ça? Ils étaient amusants.

— Avec ce qu'ils ont coûté, vous auriez pu vous payer une croisière autour du monde.

— Qu'est-ce qu'on va faire maintenant?

— Nous irons visiter John en prison et nous lirons des tas de bouquins à la bibliothèque des Tours. D'ici là, travaille ta sonate. Seras-tu chez le notaire Latreille ce soir?

— Bien sûr. J'arriverai en compagnie de Gustav et de Mlle Lavirolle.

C'était le dernier samedi avant Noël. Le ciel était bas, le temps humide, et il tombait un mélange de neige et de pluie. Et il y avait cette quatrième réunion des Troubadours d'Oka remise à ce même soir à cause de la tempête de la semaine précédente.

Et qui, selon-vous, avait reçu pour mission de filmer le grandiose événement? Votre dévoué serviteur et martyr, bien sûr.

Après le téléphone de Marilou, le serviteur et martyr a placé *Die Männer sind méchants* sur le tourne-disques, s'est allongé sur le divan et s'est mis à contempler le plafond. Il se désolait rien que de penser à la mine triomphante que son voisin Dufour ne manquerait pas d'afficher dans quelques heures à peine. Mais il ne s'est pas laissé abattre.

En véritable homme de devoir, il se tenait à son poste lorsque les premiers invités sont arrivés chez le notaire Latreille. Il les a filmés au fur et à mesure qu'ils entraient. Sa caméra s'est longuement attardée sur Marilou Pronovost, divine dans sa robe verte.

* * *

— C'est un joli pays que vous habitez. Il me rappelle certains coins sauvages de notre Bohême. Malheureusement, ils se font de plus en plus rares.

Ces paroles étaient sorties de la bouche de Gustav Svoboda. Pendant que Mme Latreille distribuait le programme de la soirée, Marilou avait habilement fait dévier la conversation sur la beauté du paysage environnant.

— Ils seront bientôt aussi rares ici que dans votre pays, ai-je glissé. Je connais des gens qui n'hésiteraient pas à échanger leur âme contre de l'argent vite fait.

Dufour m'a jeté un regard

inquisiteur. Mais comme il a dû croire que je faisais allusion aux «promoteurs», il a vite repris son air suffisant. Je me fichais bien de ce qu'il pouvait penser. Plus vite il me démasquerait, mieux ce serait. J'en avais par-dessus la tête de mon rôle d'agent double. Si ce n'avait été à cause de Marilou, je lui aurais déjà tout avoué et remis son maudit argent.

La voix stridente de Berthe m'a arraché à mes pensées.

— Est-ce que les messieurs du Far East Trust seront là ce soir?

Le notaire allait lui répondre lorsqu'on a sonné à la porte d'entrée. Mme Latreille est allée ouvrir et est revenue en compagnie de Thanh et de Prosper. Les deux «promoteurs» transportaient de grands cartons presque aussi hauts que Thanh. Souriant de toutes leurs dents, ils étaient loin d'arborer la mine de personnes qui venaient de perdre leur emploi. Je me suis penché vers Marilou et lui ai chuchoté:

— Ils ont du front tout le tour de la tête. Se présenter ici le lendemain même du jour où ton père les a mis à la porte!

Nos deux zigotos ont posé leurs cartons contre un mur et Berthe s'est levée. Se soulevant sur la pointe des pieds, elle est venue appliquer un gros bisou sur la joue de Prosper.

— N'oubliez pas de nous faire rire, monsieur Baptiste.

— Ah! mais c'est que je n'y manquerai pas, madame Berthe. Mon collègue ici présent va d'ailleurs m'y aider.

Le notaire a froncé les sourcils.

— Je croyais que M. Nguyen était votre supérieur.

— Ah! mais c'est que cela date du temps où nous naviguions tous les deux dans les eaux troubles de l'immobilier. Nous avons abandonné cette profession devenue de plus en plus difficile à exercer à cause de la récession. Nous nous sommes recyclés. N'est-ce pas, monsieur Nguyen?

— Oui, a répondu Thanh. Nous sommes des détectives privés, maintenant.

Et les deux de sortir de leur poche arrière une casquette à double palette et de s'en coiffer, en véritables émules de Sherlock Holmes. Berthe s'est esclaffée, très vite imitée par l'ensemble des invités.

— Je savais bien qu'ils nous feraient rire, s'est-elle exclamée.

— Ils sont fous! a murmuré Marilou à mon oreille.

— À l'expression un peu bouffonne de votre gaité, a dit le notaire après avoir séché quelques larmes d'hilarité, j'imagine que vous venez de réaliser une bonne affaire.

— Dites plutôt une bonne pêche, lui a rétorqué Thanh.

— Ah! mais c'est que nous avons attrapé un gros poisson, mon vieux.

J'observais Dufour. Il semblait inquiet. Il devait croire que le ministre avait fait volte-face et qu'il avait fini par concéder l'érablière aux agents du Far East Trust après la lui avoir promise. J'avais probablement deviné juste car, après quelques secondes de silence, il a demandé:

— Êtes-vous parvenus à faire *dézoner* l'érablière pour votre projet de centre d'études amérindiennes?

— Ah! mais c'est que nous n'avons jamais essayé. Et puisque qu'il est question de ce magnifique boisé, qu'il me soit permis ici de féliciter M. Dufour d'avoir, pour ainsi dire, réussi à mettre la main dessus.

— Pour un projet, le Verger charmant qui, je le crains, ne verra jamais le jour, a ajouté Thanh.

Dufour n'a pas pu se retenir.

— Comment ça? s'est-il écrié.

— Parce que son concepteur, qui est aussi son principal promoteur, sera bientôt dans l'impossibilité de s'en occuper, lui a répondu Prosper.

À court d'arguments, Dufour s'est contenté de répéter: «Comment ça?»

— Parce qu'il sera trop pris par sa carrière carcérale... Oh! pardon! je voulais dire musicale, a répondu Thanh. Et comme, ce soir, le même toit nous abrite, puis-je lui demander, à titre d'insigne faveur accordée à des oreilles étrangères, de nous jouer à nouveau *Vive la Canadienne* sur son harmonica d'or?

— C'est plutôt sa bouche qui est en or, a rectifié Berthe.

— Quant à moi, a ajouté le notaire, je n'oserais changer le moindre mot à un compliment si finement tourné.

Pendant toute la conversation, je n'avais pas quitté Dufour des yeux. Sa figure était devenue durant un instant si blanche qu'elle aurait pu servir dans une publicité pour savon de lessive. Elle avait à présent repris ses couleurs naturelles. Visiblement flatté par les compliments de Thanh, mon voisin l'a remercié et lui a dit que son numéro était prévu au programme, en cinquième place.

— Ah! mais c'est que nous ne voudrions pas languir jusque-là, s'est exclamé Prosper. Pourquoi ne pas le jouer tout de suite?... En tout respect pour les autres artistes au programme, a-t-il précisé.

Étant donné qu'aucun des «artistes» présents n'a eu l'indélicatesse de protester, Dufour a sorti sa *ruine-babines* de sa poche.

— J'ai arrangé l'air à ma façon.

Il a salué, puis a commencé à souffler dans son instrument, donnant de *Vive la Canadienne* une interprétation sensible, tout en nuances, les accords n'étant pas sans rappeler... Mais j'ai dû interrompre ma réflexion à ce stade, car Dufour venait de terminer sur des applaudissements nourris.

— Bravo! a crié Gustav Svoboda. J'ai reconnu l'air que vous venez d'exécuter. On m'a appris que c'était l'un des plus populaires de votre folklore. Mais, dites-moi, les accords dont vous l'avez orné et que, pour ma part, je trouve bien jolis, sont-ils de votre composition?

La question, manifestement, embarrassait Dufour. Il a hésité un moment avant de répondre.

— Heu! je ne suis pas un compositeur, vous savez. J'ai dû probablement entendre quelque part une interprétation un peu arrangée de *Vive la Canadienne* et il m'en sera resté quelques bribes dans le subconscient.

«C'est donc ça», me suis-je dit. J'avais remarqué une certaine ressemblance entre l'arrangement qu'avait fait Dufour de *Vive la Canadienne* et le dernier mouvement de la sonate de Svoboda. Cela me semblait maintenant évident qu'il avait emprunté quelques fioritures à l'auteur tchèque. Pour ce faire, il avait bien fallu qu'il entende la sonate. Et où? sinon à proximité du kiosque de Marilou où il mettait au point le sabotage de la pelle. Marilou n'y avait-elle pas joué le dernier mouvement le jour même de l'explosion, peu après que les détectives lui ont ramené la partition de Montréal, et quelques heures à peine avant le grand boum?

J'ai fixé Dufour droit dans les yeux.

— Aimez-vous le violoncelle, monsieur Dufour?

Tout le monde m'a regardé, l'air surpris. «Pourquoi cette question hors de propos?» devaient-ils tous se demander. Dufour, cependant, a vite repris contenance et m'a répondu:

— Si j'aime le violoncelle! Bien sûr que oui, voyons, surtout lorsque c'est Marilou qui en joue. Toi et moi avons les mêmes goûts.

L'assemblée a ri et Marilou a rougi.

— Cesse de poser des questions idiotes, a dit ma mère.

Elle exagérait, car c'était la première. Mais quitte à lui donner raison, j'en ai posé une autre.

— Serait-ce à cause de votre goût pour le violoncelle que vous rôdez autour du kiosque de Marilou?

Ma mère a littéralement bondi de son siège, empêchant ainsi mon voisin de se justifier.

— Tu vas m'arrêter ça! Excusez-le, monsieur Dufour. C'est la première fois que je le vois se comporter de façon aussi grossière.

Puis, se tournant vers moi.

— Ou tu nous expliques à quoi riment tes questions, ou tu te tais.

J'ai ressenti de l'admiration pour ma mère. C'est la première fois qu'elle me parlait de la sorte. Il est vrai aussi que je ne lui en avais pas encore donné l'occasion. Elle voulait que je m'explique; je ne demandais pas mieux. Je me suis levé à mon tour.

— Ce que j'ai à dire est lié au sabotage de la pelle mécanique. Le coupable n'est pas John Gaudreau, mais Aimé Dufour, ici présent.

— Il est fou! a crié ma mère.

— Que se passe-t-il? a demandé la notairesse Latreille qui se voyait perdre la maîtrise de la situation.

— Cela va te coûter cher! s'est exclamé Dufour.

— Ah! mais c'est que c'est la vérité, a dit Prosper.

— C'est sûr, a repris mon voisin, je pourrais l'actionner pour...

Le grand Noir lui a coupé la parole.

— Patrick dit vrai. M. Dufour est l'auteur du sabotage de la pelle. Bien que détectives depuis peu, mon collègue et moi en avons établi la preuve formelle.

Il a soulevé sa casquette à double palette, a salué à la ronde et s'est incliné bien bas devant Berthe.

— Madame Berthe m'excusera d'être moins drôle qu'à l'accoutumée, mais, comme dirait mon oncle Mobuto: «T'as pas intérêt à être rigolo quand t'as affaire à un escroc.»

— Sors-la, ta preuve!

Prosper n'a fait aucun cas des paroles de Dufour.

— Bien avant que la pelle ne saute, a-t-il poursuivi, M. Nguyen, mon associé qui, par nature, est fort curieux, l'a inspectée et trouvée hors d'état de fonctionner. «Qui donc aura pris la décision de l'apporter là? s'est-il demandé, et pourquoi?» Il a mené sa petite enquête et a bien vite appris que l'engin avait été garé là à la demande de...

— Dufour! me suis-je écrié.

— Oui, M. Dufour, en personne. Restait à savoir pourquoi. C'est moi qui ai découvert le pot aux roses, mais pour cela, il m'a fallu attendre que la pelle saute.

— Elle aurait dû te sauter à la figure, a dit Dufour.

Imperturbable, Prosper a poursuivi:

— Lorsqu'on sabote une pelle mécanique, c'est pour la mettre hors d'usage. Mais si au départ elle l'est déjà? Dans ce cas, le mobile ne pouvant être la destruction de ce qui est déjà hors service, on aurait saboté la pelle soit pour le pur plaisir de saboter — ce qui me paraissait bien peu plausible — soit pour attirer l'attention sur l'action même du sabotage et ainsi salir la réputation de personnes qu'on aurait intérêt à diffamer. Or Thanh et moi, nous faisant alors passer pour des agents immobiliers, étions au courant que M. Dufour convoitait l'érablière et du combat mené par un groupe de jeunes contre le projet du Verger charmant.

— C'est ça que vous appelez une preuve! a ricané Dufour.

— Non, monsieur. Jusqu'ici, je n'ai pas avancé l'ombre d'une seule preuve contre vous. Mais patientez! Cela ne saurait tarder. La pelle a donc sauté et, comme par hasard, les soupçons se sont portés sur un des opposants au projet de M. Dufour. Curieux, n'est-ce pas? Le lendemain de l'explosion, mon collègue ramassait un drôle d'objet près du kiosque de Marilou. C'était la minuterie qui avait servi à la mise à feu.

— Et vous allez prétendre, je suppose, que vous y avez trouvé mes empreintes.

— Vous savez bien que non, monsieur Dufour! Vous êtes trop habile pour les avoir laissées sur une éventuelle pièce à conviction. Nous les avons cherchées, je vous le certifie. Malheureusement, nous n'en avons pas trouvé. Pourtant, le fait même que l'explosion ait été déclenchée par une minuterie nous indiquait clairement que John Gaudreau ne pouvait pas être le coupable.

— Comment ça? a interrogé Dufour une troisième fois.

— Voyez-vous, monsieur, si on prend le soin d'utiliser une minuterie pour déclencher une explosion, c'est qu'on a l'intention d'exécuter l'opération avec une bonne marge de sécurité, c'est-à-dire se trouver loin de la déflagration lorsque celle-ci se produira. Or, John Gaudreau a été vu juste après l'explosion, quittant à peine l'allée des Bigras. Il aurait facilement pu être blessé.

Le notaire a levé la main, attirant ainsi l'attention de Prosper qui s'est tu.

— Après ce que vous venez de dire, je suis prêt à croire que John Gaudreau n'est pas coupable. Mais rien de ce que vous avez avancé jusque-là n'incrimine M. Dufour, si ce n'est une vague allusion à l'intérêt qu'il aurait eu à commettre le délit.

— J'y arrive, monsieur le notaire, j'y arrive.

Et, se tournant vers Gustav Svoboda...

— N'avez-vous pas trouvé un peu étrange la façon dont M. Dufour a interprété tout à l'heure *Vive la Canadienne*?

— Oui, je l'avoue.

— Pouvez-vous nous dire pourquoi?

— J'ai cru reconnaître certains accords que j'ai utilisés dans le dernier mouvement de mon œuvre.

— C'est donc ça! s'est exclamé Dufour. J'avais quelques notes qui me trottaient dans le subconscient. J'ai sans doute entendu des bouts de votre sonate quelque part et ils me seront restés dans la tête.

— Vous rappelez-vous où et quand? lui a demandé Prosper.

Pendant près d'une minute,

Dufour a semblé s'abîmer dans d'intenses réflexions. Enfin, il a levé une main au-dessus de sa tête.

— Attendez... Ah! je m'en souviens. Je pense que c'est chez moi, la semaine dernière.

— Chez vous? M. Svoboda, que nous avons interrogé dans le cadre de cette enquête, nous a pourtant certifié que son œuvre est inédite. Vous ne l'avez certainement pas entendue à la radio ou à la télévision.

— Non. Pourtant, j'étais bien chez moi lorsque je l'ai entendue. Elle était jouée par un violoncelle. La musique provenait de chez Mme Saint-Cyr.

Il a souri et nous a dévisagés, Marilou et moi, pendant que celle-ci me glissait à l'oreille:

— Il a raison. C'était au début de la tempête. Tu m'avais invitée, rappelle-toi.

Je me rappelais, mais je ne me suis pas laissé démonter.

— Comment avez-vous pu l'entendre? ai-je demandé. Nous possédons des doubles fenêtres. Elles étaient certainement closes, puisque nous sommes en hiver.

«En plein dans le mille!» m'a chuchoté Marilou. Dufour, lui, s'est mis à rire.

— Je parlais au téléphone avec ta mère. L'instrument devait être à proximité.

— C'est vrai, a dit ma mère. Je m'en rappelle.

«L'animal va s'en sortir», ai-je pensé. Moi qui aimais tant Marilou, voilà que je regrettais maintenant de l'avoir invitée ce fameux soir.

— Et la fois d'avant? a renchéri Prosper.

— Quelle fois?

— N'avez-vous pas joué *Vive la Canadienne* lors de la première rencontre des Troubadours d'Oka?

— Peut-être.

— Pas *peut-être*, monsieur Dufour,

mais *certainement*. Et vous l'avez interprété avec autant de brio que ce soir, en utilisant les mêmes accords empruntés à l'œuvre de M. Svoboda. Mon collègue et moi avons repassé plusieurs fois la vidéo tournée à cette occasion. Vous aviez donc entendu la sonate avant l'explosion puisque celle-ci s'est produite au moment où la réunion se terminait, et alors que vous aviez déjà fait votre numéro.

«Ce n'est donc pas sa binette qu'il voulait voir lorsqu'il m'a emprunté la vidéo», me suis-je dit.

— C'est possible, a répondu Dufour. Je l'aurais donc entendu plus d'une fois. Est-ce défendu?

— Certainement pas. Surtout si le morceau était interprété par Mlle Marilou.

— Puisque l'on parle de moi, est intervenue celle-ci, je tiens à préciser que personne d'autre que moi n'a interprété la *Sonate d'Oka* jusqu'ici et que je n'ai joué le dernier mouvement qu'une seule fois avant la première rencontre des Troubadours d'Oka. C'était dans mon kiosque, en fin d'après-midi, le jour de l'explosion. J'étais en compagnie de Patrick.

— Il était 17 h 15 lorsqu'elle a commencé à jouer, ai-je ajouté. Je me rappelle avoir regardé ma montre à ce moment-là. Je me souviens aussi d'avoir alors ouvert quelques panneaux pour aérer, car il faisait très chaud à l'intérieur. On pouvait donc l'entendre de l'extérieur.

— Le kiosque est situé à moins de vingt mètres de la pelle, a précisé Prosper. Qu'avez-vous à répondre à cela, monsieur Dufour? Que faisiez-vous là, à ce moment précis? Êtes-vous à ce point amateur de musique?

— Le jour de l'explosion, je suis rentré chez moi vers 16 h 30 et je n'en suis sorti que pour me rendre chez Mme Saint-Cyr, à la première rencontre des Troubadours d'Oka. Il devait être à peu près 19 h, lorsque j'y suis arrivé. Malheureusement, je ne peux pas vous donner l'heure exacte, car je n'ai pas toujours les yeux fixés sur ma montre, a-t-il ajouté en me regardant.

— Mais alors, où diable auriez-vous entendu le dernier mouvement de la sonate?

— Ailleurs et à un autre moment. Je ne me rappelle pas.

— Mais Marilou et Patrick affirment que...

— C'est ma parole contre la leur. Vous ne trouvez pas étrange qu'ils soient si précis dans leur témoignage? que Patrick ait regardé sa montre juste au moment où ça l'arrangeait? Et ces panneaux qu'il aurait ouverts parce qu'il faisait trop chaud!

J'allais répondre, lorsque Thanh s'est levé.

— Si vous n'avez pas approché la pelle le jour de l'explosion, comment avez-vous pu laisser vos traces autour?

Pour la quatrième fois, Dufour a proféré:

— Comment ça?

Il semblait abattu. Thanh a continué:

— Car elles y étaient, monsieur Dufour. Je les ai vues le lendemain de l'explosion, après le déjeuner, lorsque je me suis mêlé aux curieux qui entouraient la pelle. Vous étiez parmi eux.

Les derniers propos de Thanh ont paru soulager Dufour. Il a levé les yeux au plafond.

— Il fallait bien que mes traces soient là, puisque j'y étais. Je ne sais pas voler, vous savez. Et quand je me tiens debout, j'ai les deux pieds sur terre, comme tout le monde. Je parie que vous avez aussi laissé vos traces autour de la pelle.

— Bien sûr, mais elles n'étaient pas pareilles.

Dufour s'est levé et a fait semblant de s'arracher les cheveux.

— Pas pareilles! Évidemment qu'elles n'étaient pas pareilles! Vos pieds sont à peine plus grands que ceux d'une danseuse chinoise tandis que les miens sont faits pour porter un homme.

C'était drôle, mais personne n'a ri. Dufour s'est assis et le notaire a levé de nouveau la main.

— Si j'ai bien saisi vos propos, monsieur Nguyen, vous prétendez que c'est M. Dufour qui a placé la bombe parce que vous avez relevé ses traces près de la pelle. Cette déduction, pour être fondée, doit, me semble-t-il, reposer sur deux prémisses. Primo: qu'il n'y ait déjà aucune trace autour de la pelle lorsque M. Dufour s'en serait approché pour déposer l'engin infernal; secundo: que ses traces aient été relevées avant l'explosion. Dans le cas contraire, vous admettrez qu'elles se seraient à jamais confondues avec celles des curieux qui sont venus constater les dégâts.

— Ma déduction s'appuie sur votre première prémisse, comme vous dites, mais non sur la seconde car, assistant à ce moment-là à la première rencontre de votre charmant club, je ne pouvais être sur les lieux lorsque la pelle a sauté. Je ne m'y suis rendu que le lendemain matin et je me suis mêlé aux nombreux curieux déjà sur place.

— Alors, votre déduction n'est pas valable.

— Mais si! elle l'est.

— Mais non!

— Mais si! Et je vais vous le démontrer; mais après seulement que j'aurai solidement établi la première prémisse. Patrick te rappelles-tu du moment où je me suis présenté à toi?

— Oui. C'était le jour de l'explosion, en fin d'après-midi. J'étais près du kiosque et j'attendais que Marilou me rejoigne. Elle était entrée chez elle chercher la partition du dernier mouvement de la *Sonate d'Oka* qu'on lui avait apportée le jour même.

— Bon! ne t'ai-je pas alors fait remarquer qu'il n'y avait aucune trace de pas autour de la pelle?

— Oui. J'ai bien regardé; effectivement, il n'y en avait pas.

— Bien! voilà qui établit un fait. Croyez bien que c'est uniquement par hasard que j'ai posé cette question à Patrick, ne pouvant prévoir qu'on allait faire sauter la pelle le soir même. Mais pour une fois que le hasard me sert, je ne vais pas me plaindre... Ah! monsieur Dufour, au cas où vous penseriez que Patrick et moi ne disons pas la vérité, je vous signale que M. et Mme Bigras sont prêts à venir témoigner dans le même sens. Mais je reviens à toi, Patrick. Quelle heure était-il lorsque nous nous sommes parlés ce jour-là?

— Environ 16 h 30.

— Donc, aucune trace avant 16 h 30 le jour de l'explosion et un essaim le lendemain matin. Examinons cet essaim. Prosper, le premier carton, s'il te plaît.

Le grand Noir est allé en chercher un qu'il a maintenu devant lui. Posé sur le sol, il s'élevait jusqu'à son menton et était aussi haut que large.

— Ceci est une des photos, agrandie bien sûr, que j'ai prises devant témoin juste avant que la tempête du siècle ne recouvre ma preuve d'un blanc tapis. Elle représente la pelle avec un grand nombre de traces tout autour. J'ai encerclé d'un trait rouge celles si caractéristiques de M. Dufour. Lors de la troisième rencontre des

Troubadours d'Oka qui s'est, rappelez-vous, tenue chez lui, j'avais examiné avec soin les bottes de mon hôte et remarqué leur curieux talon en pointe. Elles sont italiennes, monsieur?

— Italiennes ou pas, tu vas en recevoir une quelque part si t'arrêtes pas.

— Tut! tut! tut! ne nous énervons pas, a dit Prosper par-dessus la photo. Continue, Thanh.

— Ayant isolé les traces de M. Dufour de celles des autres, je me suis demandé si elles n'étaient pas d'une certaine manière différentes. Chez la plupart d'entre elles, je n'ai rien trouvé de spécial. Par contre, quelques-unes m'ont intrigué. Prosper, le deuxième!

Le second carton présentait un montage de photos ne montrant que les empreintes de Dufour. Un trait vertical le traversait en son milieu, le séparant en deux colonnes. En haut de la colonne de droite, était écrit: PAREILLES, au-dessus de celle de gauche: PAS PAREILLES. Thanh a sorti une baguette télescopique de la poche intérieure de son veston et s'est mis à tapoter le carton dans la colonne PAREILLES.

— Ces traces laissées par M. Dufour autour de la pelle sont semblables à celles des autres curieux. Elles forment en surface un contour dentelé et brillant alors que, dans le creux, la neige reflète peu les rayons du soleil, même lorsque ceux-ci l'éclairent directement. La neige apparaît beaucoup plus mate dans l'enfoncement qu'en surface. Regardez ici: on distingue parfaitement l'ombre de la pelle qui nous indique la position du soleil; voyez maintenant cette trace, tout près, le soleil éclaire bien un des côtés de la dépression, mais sans que la lumière soit beaucoup réfléchie. Par contre...

J'ai levé la main à mon tour.

— Oui? a fait Thanh.

— Je sais pourquoi le contour des traces est dentelé et brillant. La veille du jour de l'explosion, en fin d'après-midi, il y a eu du verglas. La couche de neige était donc brillante et dure en surface. Elle aura éclaté lorsque les gens ont marché dessus le lendemain matin.

— Bravo! cent sur cent. Et, bien sûr, la pluie verglaçante n'affectant que la surface, la neige d'en dessous a gardé ses caractéristiques d'avant le verglas. Dis-moi, Patrick, à quelle heure le verglas a-t-il commencé à tomber, ce jour-là?

J'ai réfléchi un instant.

— Vers 17 h. Rien ne tombait avant mon entrée dans le kiosque. Je me rappelle avoir entendu la pluie verglaçante crépiter sur le toit une fois à l'intérieur seulement.

— Assez juste. La météo dit 17 h 20. Cela a cessé vers 18 h 15.

— Oui. Lorsque je suis sorti du

kiosque, vers 18 h 30, les pommiers étaient couverts de glace et il y avait un clair de lune.

— Donc, a poursuivi Thanh, les traces laissées par M. Dufour autour de la pelle et que l'on peut voir dans la colonne de droite sous la rubrique PAREILLES sont semblables à celles des autres personnes qui sont venues constater les dommages. Elles ont été laissées *après* la pluie verglaçante. Regardons celles-ci, maintenant.

La baguette de Thanh s'était déplacée et tapotait la colonne de gauche, sous le titre PAS PAREILLES.

— Remarquez-vous une ou plusieurs différences?

Berthe s'est approchée à quatre pattes et nous l'avons imitée, quoique demeurant debout. Dufour s'est allumé une cigarette. Il paraissait nerveux.

— Elles sont plus nettes, a déclaré Berthe.

— Ah! mais c'est que Mme Berthe a un œil de lynx.

— Ce qui lui a permis de voir juste, a poursuivi Thanh. Ces traces sont bien plus nettes que celles de la colonne de droite. Elles ne comportent pas de frange dentelée sur leur pourtour et la neige reflète autant les rayons du soleil dans le creux qu'en surface lorsque la dépression est éclairée directement. Je déduis donc que ces traces auront été faites *avant ou au début* de la pluie verglaçante, alors que la couche de neige était encore souple en surface. Le pied s'est enfoncé, s'est retiré ensuite, laissant une empreinte précise. Puis le verglas est tombé, et a recouvert le tout comme une couche de vernis.

Thanh s'est arrêté quelques secondes avant de poursuivre:

— Je me suis aperçu de la différence dès le lendemain de

l'explosion. J'en ai même fait allusion devant Patrick. J'en ai parlé aussi à M. et Mme Bigras, de même qu'à M. Pronovost et ils sont venus constater *de visu*. J'ai donc des témoins qui viendront attester de l'authenticité des photos. Bien sûr, je n'avais pas encore la preuve que ces traces provenaient des bottes de M. Dufour, mais disons que j'avais de gros soupçons. D'où ma vérification, lors de la troisième rencontre des Troubadours d'Oka.

— Hum! a fait le notaire, en levant la main. Pour ma compréhension et celle des autres personnes ici présentes, je vais essayer de faire la synthèse de ce que vous et M. Baptiste nous avez appris ce soir. Si vous n'y voyez pas d'inconvénient, bien entendu.

— Pas le moindre.

— D'abord, nous avons appris que les accords dont M. Dufour a orné son arrangement de *Vive la*

Canadienne, ce soir et lors de notre première rencontre, provenaient du dernier mouvement de la *Sonate d'Oka*, œuvre de M. Svoboda. Cela, M. Dufour l'a même admis.

— C'est exact.

— Ensuite, d'après les témoignages de Marilou Pronovost et de Patrick Saint-Cyr, nous avons su que le dernier mouvement de l'œuvre, une sorte d'arrangement de *Vive la Canadienne,* n'a été interprété qu'une seule fois avant notre première rencontre. N'est-ce pas, Marilou?

— Oui.

— Ces témoignages nous ont aussi informés que cette interprétation a eu lieu dans le kiosque de Marilou dont certains panneaux étaient ouverts pour ventiler la pièce, quelques heures à peine avant notre première réunion et l'explosion, soit à partir de 17 h 15.

— C'est exact, ai-je dit.

— Donc, si M. Dufour a pu,

comme il l'a dit, s'inspirer de la sonate de M. Svoboda pour son *Vive la Canadienne,* c'est qu'il l'avait déjà entendue avant de l'interpréter devant nous pour la première fois. Pour cela, il a bien fallu qu'il se trouve près du kiosque lorsque Marilou la jouait car il n'a pas pu l'entendre ailleurs. Or, la pelle n'est pas loin du kiosque.

— C'est autre part que je l'ai entendue, s'est exclamé Dufour. Je ne me souviens pas où, mais ce n'était ni à cet endroit, ni à ce moment-là.

— Je sais. C'est votre parole contre la leur. Mais laissez-moi poursuivre. Parmi les empreintes de pas relevées sur les lieux, certaines proviennent des bottes de M. Dufour. C'est bien cela?

— Oui, a répondu Thanh.

— Or, si j'ai bien compris, les traces de M. Dufour peuvent être regroupées en deux catégories: celles semblables à toutes les autres et celles différentes des autres. Les différentes n'ont pu être faites qu'avant ou au début de la tempête de pluie verglaçante et proviennent toutes des bottes de M. Dufour. Est-ce que je me trompe?

— Non.

— Alors, étant donné qu'à 16 h 30, il n'y avait aucune trace autour de la pelle et que la pluie verglaçante a commencé à tomber à 17 h 20 pour cesser à 18 h 15, les empreintes ont dû apparaître peu après 16 h 30 et certainement avant 18 h 15, soit en même temps que Marilou interprétait la *Sonate d'Oka* devant ce chanceux de Patrick.

Nous avons tous approuvé de la tête, sauf Dufour.

— Pour terminer, je dirai que les traces laissées avant l'explosion ne peuvent appartenir qu'à celui qui a installé la minuterie et, comme ces traces sont celles de M. Dufour, c'est forcément lui le coupable. Que répondez-vous à cela, monsieur Dufour?

— Je vais aller me livrer, a répondu celui-ci, bien conscient qu'un aveu pouvait lui valoir une remise de peine.

Après son départ, ma mère, visiblement ébranlée, a dit en me regardant:

— Moi qui lui aurais donné le bon Dieu sans confession!

— *Die Männer sind méchants,* lui ai-je répondu, en levant un index sentencieux. À l'avenir méfie-toi, car les hommes sont souvent ainsi.

ÉPILOGUE

Ce soir, c'est la Saint-Jean. D'où je suis, je peux voir flamber un gros bûcher sur l'autre rive du lac, du côté d'Hudson.

Le village d'Oka est définitivement guéri de sa fièvre immobilière. Il n'y aura ni tour, ni bibliothèque, ni *superautrechose*. Au fond, les gens ne s'en plaignent pas. Les applaudissements nourris qui ont suivi les éloges adressés à Marilou par le notaire Latreille, à la fin du récital de cette dernière, en sont la preuve. «... Et remarquez, a dit le notaire en terminant, qu'un tel talent a pu se développer ici. Qu'on se le tienne pour dit: ce n'est pas parmi des tours, y logerait-on la bibliothèque du congrès, qu'éclosent les fines fleurs du génie.»

Quelques minutes auparavant, je me demandais si les murs de notre vieille école résisteraient à l'ovation qui a suivi la dernière note de la *Sonate d'Oka.*

Pour l'instant, j'ai réussi à soustraire la virtuose des griffes de ses admirateurs et nous avançons lentement sur la piste cyclable, en direction du lac.

John nous accompagne. Il vient de nous annoncer son intention de poursuivre ses études en écologie. Il a déjà un emploi assuré, prétend-il. Une entente serait sur le point d'être signée entre son conseil de bande et le gouvernement du Québec qui confierait aux Mohawks d'Oka la gérance du parc et son animation. Il m'a aussi fait une offre à laquelle je vais sérieusement réfléchir.

— Nous manquerons de spécialistes. Serais-tu intéressé? m'a-t-il demandé.

— Vous acceptez des Blancs, maintenant?

— Oui. À condition qu'ils soient superbons.

Travailler avec John, ici même à Oka, pourquoi pas? Ce que je n'ai pas encore dit à mes deux amis, c'est que moi aussi je compte poursuivre mes études en sciences de la nature. Les encouragements de Marilou et les résultats de mon dernier semestre m'ont redonné confiance en mes capacités.

Soudain, j'entends courir derrière nous. C'est Thanh qui dévale la pente, Prosper sur ses talons. Eux aussi retournent aux études en septembre: Thanh en physique, Prosper en éducation spécialisée. En attendant, ils comptent bien profiter des grandes vacances qu'ils ont décidé de passer à Oka. Ils logent toujours chez Marilou, mais paient

maintenant pension, m'a dit cette
dernière.

Mais voilà qu'ils nous ont
rejoints.

— Tu as toujours l'argent que
Dufour t'a donné en échange de
renseignements? me demande
Thanh.

— Oui. Quelques centaines de
dollars. Je compte les lui remettre.

Prosper lève les bras au ciel.

— Ah! mais c'est la dernière chose
qu'il faut faire, mon vieux.

— Je ne veux pas les garder.

— Qui te dit de les garder? Nous
en avons besoin pour le projet de
Thanh.

Et ce dernier d'expliquer qu'il a
conçu un supervoilier, en papier
mâché et renfort de fil d'acier,
capable, selon ses calculs et par bon
vent, de traverser le lac en moins de
cinq minutes.

— J'ai effectué les essais
théoriques sur l'ordinateur de

M. Pronovost et ça marche. Reste à fabriquer le prototype. D'où mon besoin d'argent.

— J'accepte. Mais à une condition, cependant. Je veux que ce voilier porte le nom de Dufour. C'est son argent, après tout.

Alors, amis lecteurs, si jamais vous apercevez un drôle de bolide à voile traverser le lac des Deux-Montagnes en moins de temps qu'il ne faut pour le dire, ne vous étonnez pas. Ce sera le *Dufour* vaquant à ses affaires dans un grand déplacement d'air.

TABLE DES MATIÈRES

MANITOUWADGE

Typographie et mise en pages:
Les Éditons du Boréal

Achevé d'imprimer en septembre 1994
sur les presses des Ateliers graphiques
Marc Veilleux, à Cap-Saint-Ignace, Québec